JULES SAINT-CRUZ
LA LAURIE – STUMME HERZEN

AF144540

Jules Saint-Cruz

LaLaurie

Roman

Teil 2:

Stumme Herzen

www.lustzeilen.de

Vollständige Taschenbuchausgabe Juni 2015
© 2014 Jules Saint-Cruz / Juliane Käppler
Umschlagsgestaltung: Andreea Barbulescu
Coverimage: conrado/ www.bigstockphoto.de
Herstellung und Verlag: BoD - Books on Demand, Norderstedt

Handlung und Personen sind frei erfunden.
Eventuelle Ähnlichkeiten mit existierenden Personen sind
zufällig und nicht beabsichtigt.

ISBN: 978-3-7347-84743

What other dungeon is so dark as one's one heart!
What jailer so inexorable as one's self!

(Nathaniel Hawthorne)

KAPITEL 1

Nicht im Traum!

Tara verschränkte die Arme vor der Brust, hob das Kinn und funkelte Ethan an. »Lass mich sofort hier raus!«

Er spiegelte ihre Haltung, um ihr den Weg aus der Zelle mit seinem Körper zu versperren. Seine Muskeln, die breiten Schultern und die stoppelkurzen Haare ließen ihn dabei wie einen Drill Sergeant aussehen.

»Ein Kuss und du kannst gehen.« Er grinste. »Alternativ kannst du mich heiraten.«

Tara schnaubte. »Was ist los, Chief, hast du heute einen Clown gefrühstückt?«

»Ich hab noch gar nicht gefrühstückt, und wenn ich dich so anschaue, bekomme ich echt Appetit.«

Tara verlor die Geduld. Sie sah auf ihre Uhr. »Meine Vorlesung beginnt. Könnten wir diese Prozedur also bitte auf das Nötige beschränken?«

»Das tun wir doch. Das Risiko heute nicht pünktlich an der Uni zu sein, hättest du im Übrigen vorher einschätzen sollen.« Er schnalzte mit der Zunge. »Böses Mädchen.«

»Ich bin diesmal nicht …«, sie hob die Hände, um Gänsefüßchen in die Luft zu malen, »… eingebrochen, sondern habe lediglich auf der Mauer gesessen. Wo steht, dass das verboten ist?«

Das entsprach der Wahrheit. Seit sie im September wegen ihres Spaziergangs festgenommen worden war, hatte sie keinen Fuß auf den Cemetery I gesetzt.

»Die Mauer ist Teil des Geländes.« Ethan kam ihr so nahe, dass sie die Fältchen um seine blauen Augen zählen konnte. »Wenn du also auf ihr sitzt, befindest du dich auf dem Grundstück. Im Übrigen gibt es nirgends am Friedhof ein Schild, das den Einbruch verbietet, denn eine verschlossene Tür erfordert keinen weiteren Hinweis.« Er tippte sich an die Stirn. »Eigentlich hast du doch genug Grips, um selbst zu diesem Schluss zu kommen, Miss PhD.«

Im Stillen schimpfte Tara ihn einen kleinkarierten, Korinthen kackenden, von einer Doppelmoral belasteten Macho und biss die Zähne zusammen, um ihm die Beleidigungen nicht doch entgegenzuschleudern.

»Es ist jetzt neun Uhr. Seit zwei Stunden bin ich in diesem Loch. Das ist alles nicht rechtens!«

Sie blickte sich um und wurde noch wütender, weil sie nicht in eine reguläre Zelle, sondern im

Keller hinter halb verrostete Gitter gesteckt worden war. Das war so lächerlich wie ihre Verhaftung wegen des Sitzens auf der Friedhofsmauer.

»Vorübergehend bestimme ich über Recht und Unrecht«, schmunzelte Ethan. »Wenn du also nicht von Daddy auf Kaution ausgelöst werden möchtest, dann gib dem guten alten Ethan einen Kuss.«

Tara hatte genug. Sie schubste den Cop zur Seite, was wegen seiner Größe und Kraft nur möglich war, weil er kaum Widerstand leistete. Im Gegenteil, er lachte herzlich und bestätigte dadurch ihren Verdacht, dass er sie bloß provozierte und gar nicht länger festhalten konnte.

»Du spinnst ja total«, schimpfte sie. »Ich verschwinde. Such dir eine Prinzessin, die du um einen Kuss anbetteln kannst.«

Sie lief die Treppe hinauf ins Erdgeschoss der Polizeiwache des achten Distrikts, dessen Beamte Ethan befehligte. Weil man ihr weder die ID noch das Telefon abgenommen hatte, konnte sie geradewegs nach draußen marschieren. Noch bebend vor Ärger hielt sie kurz inne und atmete die frische Februarluft ein, dann stoppte sie ein Cab und nannte dem Fahrer die Adresse des Saint Louis Cemetery I, wo ihr Auto stand.

Auf der Fahrt versuchte sie, sich zu beruhigen, doch es gelang ihr nicht. Seit Bens Verhaftung spazierte Ethan noch öfter als zuvor bei den LaLauries ein und aus und pflegte seine Freundschaft zu ihrem Vater, indem er in seinem Amt als Police Commander Menschen ausfindig machte, die bereit waren, einen Angeklagten zu entlasten, an dessen Schuld es keinen Zweifel gab. Ethans Drohung, ihrem Vater von der Festnahme zu erzählen, fand Tara keineswegs komisch. Es bedeutete, dass er bereit war, Salz in eine Wunde zu streuen, die auch ohne sein Zutun brannte: Alexander LaLauries Ablehnung. Die hatte schon bestanden, bevor sein Sohn wegen Mordes an seiner Freundin angeklagt worden war. Neuerdings verurteilte er Tara jedoch auch für die Neutralität, die sie zum Fall zeigte. Kein einziges Mal hatte sie gegenüber der Polizei oder Presse gesagt, dass sie ihren Bruder für unschuldig hielt – nicht einmal in den privaten Wänden der LaLaurie-Villa war das geschehen. Niemals kämen diese Worte über ihre Lippen, denn sie entsprachen nicht ihrer Überzeugung. Das Beste, das man von ihr erwarten durfte, war ihr Schweigen.

Gerade hatte Tara vom Cab in ihren eigenen Wagen gewechselt, da klingelte ihr Handy. Ethan rief an. Noch immer wütend ging sie ran.

»Was ist los, hab ich was vergessen?«

»Ja«, er klang grantig, »deinen Sinn für Romantik. Hier allerdings nicht. Der muss dir woanders abhanden gekommen sein.«

»Meinen Sinn für Romantik?«

»Genau! Zusammen mit deiner Höflichkeit. Ich habe dich eben gebeten, mich zu heiraten und du überhörst das einfach, lässt mich stehen ... mal wieder. So langsam sollte ich mich daran gewöhnt haben.«

Er hatte das ernst gemeint?! Ethans Antrag hatte Tara als größten Scherz von allen interpretiert und automatisch überhört. Anderenfalls hätte sie es als Erpressung verstehen müssen. Was sollte der Mist auch: Heirate mich, damit du aus dem Knast darfst, in den ich dich gesteckt habe, weil du auf einer Mauer gesessen hast? Gehörte ihre Festnahme etwa zum Plan? Dass ihr nicht warm ums Herz wurde, lag nicht nur daran, dass sie die ganze Aktion blöd fand, sondern vor allem an der Tatsache, dass sie Ethan nicht liebte. Selbst seine Gefühle für sie gingen über Freundschaft nicht hinaus.

»Sorry, Ethan«, antwortete sie, nachdem sie ihre Gedanken sortiert hatte, »mein Sinn für Romantik ist voll bei mir, und er sagt mir, dass so etwas wie Liebe die Basis einer Ehe sein sollte.«

»Liebe …« Ethan schnaubte. »Das ist nichts als die Gier, die die Leute anfangs dazu treibt, übereinander herzufallen. Wenn das nicht mehr ist, zerbrechen die meisten sogenannten Liebesbeziehungen. Findest du nicht, wir sind darüber hinweg?«

Und er nannte sie unromantisch!

»Wir sind über den Punkt hinweg, übereinander herzufallen, ja. Nur waren wir bei all dem Sex, den wir hatten, nie verliebt. Ich nicht in dich, du nicht in mich.« Sie runzelte die Stirn, schüttelte den Kopf. »Ich heirate keinen Kumpel.«

»Willst du nicht wenigstens drüber nachdenken?«, fragte er zunehmend schlechter gelaunt. »Warum lehnst du es von vornherein ab? Es ist doch echt vernünftig und …«

»Nein, es ist Unsinn! Das Bescheuertste, was wir tun könnten. Ein Ja zu einem Antrag möchte ich gar nicht überlegen müssen.« Sie schob den Schlüssel in die Zündung und startete den Motor» Ich muss los. Wie du weißt, bin ich zu spät dran.«

Tara beendete das Gespräch, warf das Handy auf den Beifahrersitz und ignorierte Ethans weitere Versuche, sie zu erreichen. Sie kannte ihn gut genug, um zu wissen, dass sie nun bloß noch Vorwürfe zu hören bekommen würde.

Vor der Auffahrt auf die nach Norden führende Elysian Fields Avenue hielt sie an einem Café. Da sie ihre erste Vorlesung sowieso als verpasst abhaken musste, war ein Kaffee noch drin. Überhaupt war dessen Bitterkeit dringend nötig, um den Irrsinn des Morgens wegzuspülen. Also ging sie ins Geschäft und bestellte einen Espresso zum Mitnehmen.

Während die Barista das Getränk zubereitete, sah Tara zu einem TV-Bildschirm, der im Bereich der wenigen leeren Sitzplätze hing. Das seit fünf Monaten aktuelle Thema wurde wieder einmal diskutiert: Der Mord an der Tanzlehrerin Janet Hendric.

Wenige Tage nach seiner Festnahme war Taras Bruder Ben ins Gefängnis von New Orleans, Parish Prison, gebracht worden. Weil die festgelegte Kaution aufgrund der Schwere der Vorwürfe mit fünfzehn Millionen Dollar spektakulär hoch ausgefallen war, war er noch immer dort. Nun stand die Hauptverhandlung bevor, und die Medien konzentrierten sich landesweit verstärkt auf den Fall, spekulierten und befragten die involvierten Anwälte. Wurde Susan Birdman, die Staatsanwältin, auch in allen Handlungen unterstützt, so konnte sie Julien Cavanaugh, dem Anwalt der Nebenklage, in puncto Beliebtheit doch nicht das Wasser reichen. Nicht nur weil er die Familie der getöteten Frau unentgeltlich vertrat hatte er bei der Bevölkerung einen Stein im Brett, sondern auch, weil er so engagiert ermittelte. Es sah nicht gut aus für Ben, und beinahe jeder in der Stadt ging davon aus, dass er verurteilt werden würde. Anders als zuerst angenommen wollte die Staatsanwältin allerdings keine Todesstrafe beantragen, sondern lediglich Haft auf Lebenszeit, weil Ben während der ihm vorgeworfenen Tat unter dem Einfluss von Drogen gestanden hatte. Die Allgemeinheit enttäuschte das. Die meisten wollten ihn tot sehen.

Tara wusste nur zu gut, wie unbedingt Julien einen Schuldspruch für ihren Bruder erwirken wollte. Die Erinnerung an seine Motivation und was er dafür aufgegeben hatte, schmerzte noch, und als ein Foto von ihm eingeblendet wurde, wandte sie sich ab, bezahlte ihren Kaffee und eilte damit zum Ausgang. Sie hatte die Hand schon am Griff und wollte die Tür aufziehen, da fiel ihr

Blick auf die Straße. Hinter ihrem Auto parkte eine dunkle Limousine, aus der Julien ausstieg.

Wenn man vom Teufel spricht!, dachte sie und gab sich einen Ruck, denn sie wollte nicht hinter der Scheibe stehenbleiben und ihm wie ein Schaf entgegenglotzen oder sich ganz und gar ein Versteck im Café suchen. Den Blick auf ihr Auto geheftet, eilte sie über den Gehweg, nippte beflissentlich am noch zu heißen Kaffee, verbrannte sich die Zunge und war schon halb am Ziel, da hörte sie ihren Namen. Bis ins Mark fuhr ihr seine Stimme, und so konnte sie nur stehenbleiben. Für einen Moment schloss sie die Augen, dann drehte sie sich um. Etwas mehr als vier Monate war es her, dass sie sich zuletzt gesehen und ihre Beziehung beendet hatten, bevor sie überhaupt begann. Thanksgiving, Halloween, Weihnachten und Neujahr waren allesamt einsam und trist gewesen – wegen ihm. Nur wegen ihm.

Der knallrote Wollschal, dessen Enden herunter hingen, schuf einen eigentlich schönen Kontrast zu dem gewohnten Business-Grau-in-Grau, das er trug. Sein dunkles Haar war ein bisschen länger als im Oktober, aber das war Tara bereits bei einem Fernsehinterview aufgefallen. Seine Haut wirkte fahl und seine eisgrauen Augen müde, was an zu viel Arbeit und zu wenig Sonnenlicht liegen konnte. Der Januar war kalt und regnerisch gewesen, und der Februar hatte nicht besser begonnen. Tara selbst fühlte sich so durchgefroren und überarbeitet wie er aussah.

Er kam ein paar Schritte näher, jedoch lange nicht so nahe, wie er ihr einst gewesen war.

»Wie geht's dir?«, fragte er.

Schrecklich!, wollte Tara gern antworten. Sie kämpfte gegen die Tränen an, die sich prompt meldeten, zwang ein Lächeln auf ihren Mund und reagierte mit einem lapidaren: »Ganz gut. Und dir?«

Ein Schatten huschte durch seinen Blick. Er blinzelte ihn weg und lächelte ebenfalls. »Auch okay. Nur viel zu tun und wenig Schlaf.« Er nickte in Richtung des Bechers in Taras Hand. »Aber Kaffee ist bekanntlich ein Wundermittel.«

Ich kann noch so viel Kaffee trinken und werde mich trotzdem nicht besser fühlen, schoss es ihr durch den Kopf, doch sie sagte: »Genau« und trat zu ihrem Auto. »Ich muss jetzt weiter.«

Er verkniff den Mund, schob die Hände in die Taschen seines Trenchcoats und nickte. Tara wandte sich um, umrundete den Wagen, stieg ein und fuhr los.

Sieh nicht zurück!, mahnte sie sich. Während der vergangenen fünf Monate hatte sich dieser Satz als eine Art Mantra manifestiert.

***

Mit Katastrophen hatte der Tag begonnen, und bis zu seinem Abend warteten noch ein paar mehr auf Tara. Zuerst bekam sie, wie erwartet, Ärger weil sie nicht zu ihrer ersten Vorlesung erschienen war, und in der zweiten hatte sie es mit lauter schlecht gelaunten Studenten zu tun gehabt. Nach einem relativ ruhigen Nachmittag hatte eine Studentin einen Zusammenbruch in ihrer Abendvorlesung erlitten, weil sie, wie sich im Krankenhaus herausstellte, aufgrund einer Diät total dehydriert war. Am Ende hatte Tara in der Bibliothek entspannen wollen, doch Charlene, die Bibliothekarin, war krank und nicht da, also gab es statt Musik zum Bücherschmökern nur hemmungslos quatschende Studenten.

Vollkommen genervt war Tara aus der Bibliothek gestürmt und auf einen Drink zum Missi Spirits gefahren. Dort prallte sie ein Stückweit vor Kats guter Laune zurück. Über die Theke hinweg warf die ihr eine überschwängliche Kusshand zu und erkundigte sich nach ihrem Tag. Tara fasste es in wenigen Worten zusammen:

»Eine Verhaftung, ein Heiratsantrag, eine Begegnung mit Julien, ein Anranzer, einige blöde Kommentare, eine Bewusstlose, ein Notarzt und sehr viel Lärm. Jetzt bitte einen Gin Tonic.«

Kat lachte und schaufelte Eiswürfel in das Glas für den Drink. »Von wem kam der Antrag. Von Julien etwa?«

Tara ächzte. »Nein. Beachte die Reihenfolge.«

Kat dachte darüber nach, während sie das Glas mit Gin und Tonic auffüllte. »Erst die Verhaftung, dann der Antrag ...« Sie hob die Brauen. »Ethan?«

»Bingo!«

»Wie kommt's?«

»Frag ich mich auch.«

»Läuft wieder was zwischen euch?«

»Gar nichts läuft. Ich bin ihm nicht mal bis auf Armeslänge nahe gekommen.«

»Hmm«, grübelte Kat und schob Tara den Drink hin. »Vielleicht gerade deshalb? Auf Sexentzug haben Männer manchmal eigenartige Erleuchtungen.«

Tara trank einen Schluck und setzte das Glas wieder ab. »Glaub mir, Ethan ist mit Sicherheit nicht auf Sexentzug. Dass er nicht mit mir schläft, bedeutet nicht, dass er keinen Sex hat.«

»Hmm«, machte Kat abermals. Sie stützte die Ellenbogen auf den Tresen und das Kinn in die Hände. »Vielleicht vögelt er die anderen vor lauter Frust über deine Zurückweisung?«

»Auch das nicht.« Schon wieder spürte Tara Ärger in sich aufsteigen und drängte ihn mit einem Kopfschütteln zurück. »Ich will nicht über Ethan sprechen. Er ist mir vollkommen egal.«

»Verstehe …« Kat zog eine Schnute und sandte ihr einen Blick, der eine Spur zu mitleidig war. »Anders als Julien. Nach all der Zeit, immer noch.« Sie seufzte. »Wieso musst du auch so stur sein?«

»Ich bin nicht stur, nur realistisch.«

Kat kannte die ganze Geschichte inzwischen, begonnen bei Bens körperlichen Angriffen auf Tara und ihrer Überzeugung, dass er seine Freundin umgebracht hatte, bis hin zu Juliens Motivation als Nebenkläger aufzutreten. An manchen Tagen verstand Kat Taras Hemmung, an anderen wiederum nicht. Heute schien einer der anderen Tage zu sein.

»Er hat dir gesagt, dass er dich liebt und dass er die Nebenklage auch übernommen hat, weil Ben dich geschlagen hat«, flüsterte sie, damit es niemand anders hörte. »Er setzt sich für dich ein, will dich beschützen. Ethan hat das in all den Jahren nicht hinbekommen, obwohl dich Ben praktisch direkt vor seiner Nase angegriffen hat.«

»Ich vergleiche Julien nicht. Nicht mit Ethan. Nicht mit irgendwem. Und sein anderes Motiv erscheint mir viel stärker.«

»Hast du dich mal in Julien versetzt? Hätte ein Mensch den Tod von jemandem, den du liebst, verursacht, würdest du ihn dann nicht auch verletzen wollen?«

Tausendmal hatte sich Tara das seit dem letzten September vorgestellt. Sie konnte nachvollziehen, dass Julien ihren Vater bis auf die Knochen hasste, dafür dass er seinen Vater zum Tode verurteilt hatte – unrechtmäßig, wie er behauptete. Sie verstand, warum er diesem vermeintlich ungerechten Urteil ein gerechtes Urteil gegenüberstellen wollte. Doch sie wollte nicht involviert sein und bezweifelte nach wie vor, dass sowas wie Liebe dem in diesem Fall gigantischen Medienrummel und der öffentlichen Häme standhalten würde. Sowohl sie selbst als auch Julien würden beruflich und vielleicht sogar emotional ruiniert werden. So sehr hatte Tara gehofft, dass er den Fall abgab, doch mit jedem Tag grub er sich tiefer hinein. So hatte sie nur zu dem Schluss kommen können, dass sein Bedürfnis nach Rache größer war als die Liebe zu ihr, von der er am letzten Tag gesprochen hatte.

»Auf jeden Fall solltest du irgendwas unternehmen«, schloss Kat ihre Rede, von der Tara wegen der Lautstärke ihrer Gedanken kaum etwas mitbekommen hatte. »Und wenn dieser Prozess um deinen Bruder eine für euch beide unüberwindbare Hürde ist und keiner einen Kompromiss machen kann, dann zieh einen Schlussstrich! Endlich!« Kat stemmte die Hände in die Seiten und verlieh ihrer Stimme einen übertrieben belehrenden Klang. »Andere Mütter haben auch schöne Söhne.«

Sie fuhr herum, denn John kam hinter die Theke. Er stellte ein Tablett ab und nörgelte über verplemperte Arbeitszeit. Weil Tara der einzige Gast an der Bar war und alle Leute an den Tischen bedient waren, konnte das nur ein Scherz sein. Kat schlang John das Geschirrtuch um den Nacken und zog ihn zu einem Kuss herunter. So schön Tara es fand, dass ihre Freundin und der Besitzer der Bar kein Geheimnis mehr aus ihrer Liebe machten, sie wünschte sich auch, die beiden würden ihre Zuneigung nicht ausgerechnet heute vor ihren Augen zelebrieren.

Innerlich grummelnd trank sie ihren Gin Tonic aus, drehte sich auf dem Hocker um und ließ ihren Blick durch den Raum schweifen. Die schönen Söhne anderer Mütter entdeckte sie dabei nicht. Heute beachtete Tara sie so wenig wie an anderen Tagen, was vielleicht dumm oder voreingenommen war, doch sie hielt nun einmal nichts vom Suchen, schon gar nicht nach der Zeit mit Julien. Sie glaubte, dass zwei, die zusammengehörten, sich ohne Suchen fanden – so wie sie und Julien einander gefunden hatten. Ihre wenigen gemeinsamen Stunden im September waren so intensiv gewesen, dass sie Julien noch immer spürte, noch immer wusste, wie er roch und sich anfühlte, wie er schmeckte und wie sein Lachen klang. Gegen ihn war jeder andere Mann – ob an der Uni, in der Bar, im Supermarkt, an der Tankstelle – schlichtweg zu klein, zu ausdruckslos und simpel, zu normal und langweilig. Tara wollte lieber für immer Single bleiben, als bei Pasta und Wein im Restaurant höfliche Kennenlerndialoge über Hobbys und Abneigungen führen. Sie wollte ungekünstelte, ungebremste Leidenschaft – wie mit Julien, und trotz allem, was geschehen war, konnte sie sich keinen anderen als ihn vorstellen.

Von seinem eisgrauen Blick wollte sie ausgezogen werden, von seinen ungeduldigen Händen die Klamotten vom Leib gezerrt bekommen. Sein Mund gehörte auf ihren, seine Arme um sie, seine Haut an ihre. Sie sehnte sich nach seiner Wärme, nach seinem Flüstern an ihrem Ohr, seinen Zähne in ihrer Haut, seinen Atem auf ihren Brüsten, seiner Zunge an ihren Nippeln, seinen Berührungen auf jedem zu erkundenden Zentimeter ihres

Körpers. Sie wollte sein Becken zwischen ihren Schenkeln und seine Hand an ihrer Kehle, wenn er in sie eindrang und sie mit festen Stößen nahm … auf dem Boden der Bibliothek, in seinem Bett, am Flussufer und allen anderen nur denkbaren Orten …

»Erde an Tara!«

Tara klärte ihren Blick, klappte den Mund zu und drehte sich um. Die Arme vor der Brust verschränkt stand Kat da und schmunzelte sie an.

»Herzlich willkommen auf unserem schönen Planeten!« Sie nahm Taras leeres Glas. »Willst du noch einen?«

Tara musste noch fahren, also entschied sie sich für eine Coke. Sie atmete durch und beruhigte sich als das Frösteln nachließ.

KAPITEL 2

Das ganze Jahr über übte New Orleans eine scheinbar magische Anziehungskraft auf Menschen aus allen Regionen der Erde aus. Die übervölkerten Straßen des French Quarter waren ein normaler Anblick, und besonders während des Sommers mochte man nicht glauben, dass die Stadt Platz für noch mehr Besucher hatte – bis Februar war. Je näher Mardi Gras rückte, desto mehr Leute kamen, und ab dem Karnevalswochenende platzten die Straßen geradezu aus den Nähten. Am Montag und Dienstag, wenn die wichtigsten Partys und Paraden stattfanden, machten alle Ämter und Behörden dicht, die meisten Shops schlossen am Mittag und weil sowieso keiner hingehen würde, gab es für die Universitäten, Colleges und Schulen kurzerhand Ferien.

Zum Höhepunkt des Karnevals, am Mardi Gras Dienstag, konnte man sich in der Stadt gewohnheitsmäßig kaum bewegen, sondern musste froh sein, irgendwo einen viertel Quadratmeter für sich zu haben. Die beiden Paraden, die am Abend durch die Straßen zogen, hatte Tara von Kind an erlebt und verzichtete seit ein paar Jahren darauf. Mit der Zeit und der *New-Adult-Generation* waren die Züge zu Studentenpartys geworden, auf denen man sich bis zur Bewusstlosigkeit betrank und ohne Hemmungen nackig machte, um eine der traditionell von den Paradewagen geworfenen bunten Glasperlenketten abzubekommen.

Am Mardi Gras Montag fanden ebenfalls Paraden statt. Da Regen angekündigt war, wurden beide auf den späten Nachmittag vorverlegt. Tara war mit Kat und John zur Orpheus Parade verabredet, die von Irish Channel zum French Quarter zog. Eine Stunde wollten sie zuschauen und dann zum Missi Spirits fahren. Die Bars und Clubs öffneten während der Karnevalszeit natürlich, um die von den Umzügen kommenden Partygäste aufzufangen.

Taras Kostüm war ein Hingucker und einzigartig, denn Kat hatte es geschneidert. Dass sich die Freundin mit so viel Elan und Liebe ans Schneidern machte, war Taras einziger Grund, in diesem Jahr überhaupt Karneval zu feiern. In den Farben von Mardi Gras hatte Kat für sich selbst und John Kostüme für die Grinsekatze und das Kaninchen aus Alice im Wunderland gezaubert; für Tara hatte sie sich ein Hutmacher-Ensemble einfallen lassen. Das traditionell für den Glauben stehende Grün war im knittrigen Zylinder und dem Jackett verarbeitet. Das darunter sitzende, knielange Korsettkleid hatte Kat aus goldenem und lilafarbenem Stoff genäht – Gold stand für Kraft, Lila für Gerechtigkeit. Da Taras Kleider und Schuhschränke vor allem mit Schwarz gefüllt waren, besaß sie natürlich keine passenden, farbigen Schuhe, also hatte Kat grüne Stulpen angefertigt.

Tara schlüpfte in Kleid und Jackett, zog die Stulpen über ein Paar Stiefel und trat vor den Spiegel, um ihre dunklen Haare zu einem Zopf zu flechten und den Zylinder aufzusetzen. Wie ein Kanarienvogel sah sie aus und sie überlegte, die Kette mit dem Amulett abzunehmen. Dessen blauer Stein passte zwar zum sonst getragenen Schwarz und Dunkelblau, allerdings so gar nicht zum Kunterbunt. Allein beim Gedanken kribbelte der Stein mit dem Veve auf ihrer Haut, also behielt sie die Kette um. Seit Kat ihr das Ding zum Geburtstag geschenkt hatte, trug sie es jeden Tag und glaubte dieses Kribbeln in so manchem Moment zu spüren … als arbeite die Energie des Voodoo-Symbols. Dass der Schmuck tatsächlich etwas bewirkte, hielt Tara für unwahrscheinlich. Sie trug die Kette aus einem unbestimmten persönlichen Aberglauben heraus.

Ein vor dem Haus ertönendes Hupen bedeutete, dass ihr Cab da war. Schnell gab sie Kater Shadow eine ordentliche Portion Futter und fri-

24

sches Wasser, schnappte sich eine Handtasche mit Geld, Schlüssel, Handy und Kleinkrempel, den Frauen so benötigten.

Da so viele Menschen auf den Straßen unterwegs waren, dauerte die Fahrt länger als sonst, und der Fahrer schimpfte über den Irrsinn, bis er sich zum Convention Center Boulevard durchgekämpft hatte. Dort stieg Tara aus und suchte ihre Freunde am vereinbarten Treffpunkt. Die Grinsekatze und das Kaninchen waren nicht schwer zu finden.

Kat und John begrüßten Tara, indem sie den Korken des mitgebrachten Schampus knallen ließen. Mehr würden die beiden nicht trinken, weil sie später in der Bar arbeiten mussten. Während John das Sprudelwasser auf drei Becher verteilte, zupfte Kat an Taras Kostüm herum, damit es perfekt saß.

»Du siehst so toll aus!«, sagte sie. »Ich habe mich selbst übertroffen. Wenn du in dem Kostüm keinen Typen findest …«

Die fünfte Jahreszeit war in vielerlei Hinsicht ein Ausnahmezustand. Wo es keine Moral gab und keine Regeln galten, fand ziemlich jeder den Mann oder die Frau für die Nacht, oft sogar diejenigen, die ihren eigentlichen Partner bei den Kindern zu Hause gelassen oder im Gedränge verloren hatten.

»Irgendein Typ ist doch immer bereit, wenn man selbst es ist«, sagte Tara nur und kostete den Schampus.

Kat schnaubte. »Du bist unverbesserlich!«

»Nö«, konterte Tara und zwinkerte ihre Freundin an. »Ich habe Prinzipien.«

Mit einem weiteren Schnauben wandte Kat sich um, weil der erste Paradewagen in Sicht kam und die Menge zu jubeln begann.

***

Eine Stunde später fielen Tropfen aus dem inzwischen dunklen Himmel. Kat und John beschlossen, zum Missi Spirits aufzubrechen. Tara wollte später nachkommen. Der Regen störte sie nicht, schließlich hatte sie einen Hut und einen guten Sitzplatz auf einem Container. Als wäre sie das erste Mal im Leben auf einer Mardi Gras Parade in New Orleans musste sie Kat versprechen, auf sich aufzupassen. Zwar zeigte die Freundin in letzter Zeit öfter mütterlich fürsorgliche Symptome, aber weil sie jünger war und mit all den Tattoos und Piercings ziemlich schräg aussah, fühlte sich Tara wie in einer verkehrten Welt. Ganz besonders heute, wo Kat als Kaninchen verkleidet war und der Schampus Taras Gedanken weich machte, brachte sie das Versprechen zum Kichern. Nachdem Kat mit John abgezogen war, sah sie der Parade weiter zu.

Dreißig Minuten später wurde ihr kalt. Dass sich die Straße mit immer mehr Leuten füllte, störte sie plötzlich und sie wollte verschwinden. Also gab sie ihren Sitzplatz auf und suchte sich einen Weg aus der feiernden Menge. Auf dem gerade vorbeifahrenden Paradewagen spielte eine Band Marvin Gayes *Mercy, mercy me*; das so gut und so emotional, dass sich Taras Herz aus einem alten Kummer heraus verkrampfte. Nach nur zwei Schritten musste sie innehalten, denn alles drehte sich. Sie schloss die Augen, atmete durch und als sie aufsah, erschienen ihr die Farben schriller als zuvor. Die Musik dröhnte in ihren Ohren, Lachen und Stimmen irritieren sie so sehr, dass sie zurückwich. Als sie spürte, dass ihre Hände klamm und kalt wurden, kämpfte sie sich durch die Massen, stieß Leute beiseite und überhörte deren Schimpfen. Immer wieder drohte ihr Blick schwarz zu werden, und sie blinzelte, um ihr Bewusstsein zu behalten. Am Rande der Menge angekommen, stolperte sie. Ihre Knie wurden weich, alle Geräusche verstummten, zuletzt der Refrain von *Mercy, mercy me*, und ihre Sicht verdunkelte sich. Sie wollte die Hände ausstrecken, um sich festzuhalten, griff aber ins Leere und fiel.

Der Aufprall war weicher als befürchtet, wohl weil sie aufgefangen und festgehalten worden war. Als ihre Füße den Kontakt zum Boden verloren, glaubte sie ihren Namen zu hören. Wie von weit rief sie jemand, ein Mann. Seine Stimme wurde lauter und war bald unterlegt von einem merkwürdigen Summen, wie von einem gedämpften Motorengeräusch.

Tara blinzelte durch die Wimpern und erkannte die Lichter der Stadt hinter dem Autofenster. Ihr wurde klar, dass sie auf der Rückbank eines

Cabs lag ... auf dem Schoß von jemandem, der sie hielt. Mit dem Bewusstsein darüber spürte sie den Stoff seines Hemdes unter ihren Fingern. Es war schwarz, stand über der Brust offen. Eine silberne Kette mit einem Totenkopf hing im Ausschnitt. Tara wagte kaum, Luft zu holen, denn der Duft, der sie umgab, schnürte ihr die Kehle zu. Langsam wanderte ihr Blick höher und glitt von seinem Hals, der ihr vertraut erschien, über sein Kinn, das ihr bekannt vorkam, bis zu dem Mund, den sie bereits geküsst hatte.

Ihr Herz setzte einen Takt aus, als sie seinem Blick begegnete. Die dunklen Brauen waren zusammengezogen, seine eisgrauen, mit schwarzem Kajal umrandeten Augen musterten sie besorgt.

»Julien?«, flüsterte sie.

Er strich ihr über die Wange. »Hey«, flüsterte er zurück. »Wie geht's dir?«

Taras Verstand weigerte sich, die Szene als real zu akzeptieren. Zunehmend verwirrt fragte sie sich, warum er geschminkt war, eine Bandana trug — und was, vor allen Dingen, sie auf seinem Schoß im Taxi tat, dann erinnerte sie sich an Mardi Gras. Die letzte Frage klärte das allerdings nicht.

»Ich bin ohnmächtig geworden ...«, murmelte sie mehr zu sich selbst als an ihn gerichtet.

Er antwortete trotzdem. »Du bist mir praktisch in die Arme gefallen, standest da auf einmal, warst kreidebleich und bist zusammengeklappt.«

Kreislaufprobleme hatte Tara hin und wieder aufgrund ihres niedrigen Blutdrucks, aber umgefallen war sie bisher nie. Dass es auf der Parade und ausgerechnet bei Julien passiert war, bescherte ihr ein peinliches Gefühl. Sie wollte sich aufsetzen, doch Juliens beruhigendes »Schhh« hielt sie davon ab. Obwohl ihr Herz inzwischen so schnell schlug, dass der Puls an ihrem Hals sichtbar sein musste, wagte sie einen zweiten Blick in seine Augen.

»Wohin fahren wir?«, flüsterte sie wieder.

»Ins Krankenhaus.«

Ausgeschlossen! Diesmal gelang es ihr, sich von ihm zu lösen und aufzusetzen.

»Ich will in kein Krankenhaus«, stellte sie klar und rutschte von seinem Schoß neben ihn auf die Rückbank.

»Du warst ohnmächtig …«

»Aber jetzt bin ich wieder bei Bewusstsein. Es war bloß eine Schwäche wegen des Trubels, nichts Besorgniserregendes. Ich brauche keinen Arzt.«

Sie hob ihren Hut vom Boden des Cabs auf und wollte die Fahrt zu ihrem Haus nach West Riverside umlenken. Julien kam ihr zuvor, indem er dem Fahrer seine eigene Adresse nannte. Der nickte und bog in eine Straße des Warehouse Districts ein, den sie sowieso gerade passierten. Julien lebte in einem für diesen Bezirk typischen, ehemaligen Lagerhaus, dessen Inneres zu Lofts umgestaltet worden war. Einen Abend, eine

Nacht und einen Morgen hatten sie kurz vor ihrer Trennung dort verbracht. Bei der Erinnerung an die so wunderschönen Stunden krempelte sich Taras Magen um.

»Ich möchte auch nicht zu dir«, sagte sie.

Der Fahrer brachte das Cab zum Stehen. »Was denn nun?«, grunzte er. »Können die Herrschaften sich mal entscheiden?«

Ohne Tara aus den Augen zu lassen, wiederholte Julien seine Adresse. Eine kühle Bestimmtheit festigte seine Stimme, Arroganz und Trotz funkelten in seinem Blick, und für eine Sekunde war Tara versucht, ihm Kontra zu geben und aus dem Cab zu steigen, doch sie biss sich auf die Zunge. Ohnehin wollte sie so wenig nach Hause wie ins Krankenhaus oder zurück auf die Party, denn ihr Herz erinnerte sie an all die Monate, in denen sie sich gewünscht hatte, bei ihm zu sein – ungeachtet der Entscheidung, die sie beide getroffen hatten. Ihr Verstand protestierte zuerst lautstark, wurde aber leiser mit jeder Sekunde.

Dicht beieinander saßen sie und ihre Hände lagen nebeneinander, doch sie berührten sich nicht, kamen sich nicht einen Zentimeter näher. Nicht räumlich zumindest, aber die Luft zwischen ihnen knisterte so heftig, dass es dem Cabfahrer im Nacken brennen musste. Vor dem Appartementhaus angekommen, brummelte er, dass sie da waren. Tara stieg aus, während Julien für die Fahrt bezahlte. Sie ging voran und fröstelte, als sie hörte, dass er zu ihr aufschloss.

Julien öffnete die Haustür mit einem Zahlencode, betrat die Eingangshalle nach ihr und hielt ihr das metallene Gatter des Aufzugs auf. Der sowieso winzige Raum wirkte noch kleiner, sobald er neben ihr stand. Er drückte den Knopf für das fünfte Stockwerk, dann schmiss er das Gitter zu und wandte sich zu Tara um. Als sich der Aufzug mit einem Ruck in Bewegung setzte, schob er sie gegen die Rückwand und küsste sie. Tara zögerte nicht einen Moment, sondern küsste ihn zurück und schmiegte sich an ihn. In ihrem Inneren tobte ein Sturm los, der ihr das Bewusstsein ein zweites Mal zu rauben drohte, da erreichte der Fahrstuhl das Zielstockwerk und kam mit einem weiteren Ruck zum Stehen. Sie lösten ihre Münder voneinander und starrten sich an, atemlos für ein paar Sekunden. Er umfasste zwei Gitterstäbe rechts und links neben ihr und reizte ihre Lust, indem er sich nochmals fester gegen sie presste.

»Bist du stark genug für das, was jetzt passiert?«, raunte er an ihr Ohr.

Sie war unsicher, worauf er mit dieser Frage anspielte. Auf ihren Gesundheitszustand nach der Ohnmacht oder ihre nach der Trennung geschädigte Psyche. Die Antwort war in jedem Fall dieselbe.

»Sicher doch«, gab sie zurück. »Anderenfalls wäre ich nicht hier.«

Er schob das Gatter zurück, trat aus dem Aufzug und drehte sich zu ihr um, wie um zu schauen, ob sie auch mutig genug war, den ersten Schritt zu machen. Als er die Arme vor der Brust verschränkte, wirkte er wie ein echter Pirat: Die dunklen Haare strießten unter der Bandana vor, seine hellen Augen schauten kühn aus ihrer Kajalumrandung. Das Hemd klaffte ein Stück weiter auf, und die Kette blitzte im diffusen Licht des Korridors. Die schmale Hose saß so knackig, wie es sich für einen Piraten gehörte, und beim Gedanken an das, was darunter geschah, vergaß Tara das Schmunzeln, zu dem sein Anblick sie beinahe hingerissen hätte.

Sie verließ den Aufzug, lieferte sich ihm aus und holte ihn sich zur gleichen Zeit. Unter Küssen und hitzigen Berührungen stolperten sie zu seinem Loft, dessen Tür er kaum aufbekam, weil er nicht von ihr ablassen wollte. In seinen vier Wänden angelangt, zog er sich zuerst die Bandana vom Kopf und warf sie weg. Dann nahm er Tara den Hut ab, ließ ihn folgen und holte sie an seinen Mund. Je mehr Kleidungsstücke auf dem Boden landeten – Hemd und Jackett, Hose und Kleid – desto weniger waren sie Pirat und Hutmacherin, desto mehr wurden sie zu dem Mann und der Frau, die einander schon einmal so haltlos verfallen gewesen waren.

»Ich habe geglaubt, mich an jedes Detail zu erinnern«, wisperte Tara, als sie auf dem Rücken landete und Julien über sie kam. Sie legte die Hände auf seinen Rücken und sandte ihre Fingerspitzen unter den Bund seiner Boxershorts. »Aber tatsächlich hat mich die Zeit einiges vergessen lassen.«

»Ach ja? Was denn?«, murmelte er.

Mit dem Becken schob er ihre Beine auseinander und rieb seine noch in der Unterhose versteckte Erektion gegen ihre Mitte. Tara wünschte, er und sie wären diese letzten Kleidungsstücke schon los. Sie wollte ihn ganz spüren, seine Haut an ihrer, ohne störenden Stoff dazwischen.

»Ich hatte vergessen, wie gut du dich wirklich anfühlst, wie genau du riechst und schmeckst, und was es mit mir tut, wenn du mich berührst. Ich dachte, das wüsste ich, aber in Wirklichkeit ist alles viel besser.«

»In vielen Belangen ist die Wirklichkeit besser«, sagte Julien und hielt sie mit einem neuen Kuss vom Weiterreden ab.

Seine Augen schloss er dabei nicht. Er lauerte auf ihre Reaktion, als er ihr sachte in die Unterlippe biss und seine Hüfte ein weiteres Mal gegen sie drängte. Sie reagierte wohl nicht, wie erwartet, sondern ließ eine ihrer noch in seinen Shorts steckenden Hände von seinem Po nach vorn wandern. Als sie seinen Schaft umschloss, fuhr ein Blitzen durch das Grau seines Blickes und er murrte leise. Heiß und hart lag das deutlichste Zeichen seiner Lust in ihrer Hand und schwoll weiter an, als sie ihn zu massieren begann. Sie spürte ein bisschen Nässe auf seiner Eichel, die Ankündigung eines vielleicht nur kurzen Hauptaktes. Der Gedanke machte sie wahnsinnig. Sie wollte nicht mehr warten und zerrte ihm die Shorts von den Hüften. Mindestens genauso schnell verlor sie ihren Slip, und sobald das geschehen war, nahm Julien ihre Hände in seine, drückte sie auf den Boden und verschränkte seine Finger mit ihren. Kaum hatte sie die Beine um ihn geschlungen, da drang er in sie ein, füllte sie aus mit nur einem Stoß.

Taras Blick verankerte sich mit seinem. Ein Keuchen floh zwischen ihren Lippen durch, als er sich kurz zurückbewegte und dann abermals tief in sie glitt. Sie spürte seinen Schwanz in sich pulsieren, mehr mit jedem Stoß, und hob ihr Becken an, um diese Empfindung zu verstärken. Julien schnaufte vor Anstrengung und hielt den Atem an, als er soweit war. Er schien warten zu wollen, doch Tara schüttelte den Kopf und machte ihre Hände los, um sie auf seinen Hintern zu legen.

»Ich will, dass du kommst«, flüsterte sie.

Ihre Worte gaben ihm den Rest. Er drang ein letztes Mal in sie, zog seinen Schaft dann aus ihr und kniff die Augen zu, als er kam. Warm und dickflüssig ergoss sich sein Saft auf Taras Bauch, sammelte sich in ihrem Nabel und rann in Bächen an ihren Seiten herunter.

Tara wartete auf den Moment, als Julien die Augen öffnete, und war nicht überrascht, als er sie endlich ansah, denn das Grau war nun nicht mehr dunkel und unruhig, sondern wirkte klar und wie reingespült. Er beugte sich herab, um ihr einen Kuss zu geben, rollte sich dann auf die Seite und atmete durch. Beim Anblick des Spermas auf ihrem Bauch, lachte er, nahm sein Hemd und trocknete sie damit ab. Danach schlang er den Arm um sie, schmiegte sich an sie und steckte die Nase in ihre Haare. Tara schloss die Augen und strich mit den Fingern über seinen Arm.

»Warum wolltest du nicht kommen?«, fragte er.

»Das ist nicht so leicht. Weißt du das nicht mehr?«

Er schien nachzudenken. »Beim ersten Mal im Bayou war es meine Hand. Danach, in der Bibliothek, hab ich dich auch zusätzlich stimuliert.«

Tara komplettierte die Erinnerung »Und später im Bett, hast du es mir mit dem Mund gemacht.«

»Stimmt.«

Weil Julien seinen Gedanken nachzugrübeln schien, sah sie auf und drehte ihm das Gesicht zu.

»Du kommst also echt nie beim Sex?«, schlussfolgerte er.

Sie schüttelte den Kopf.

Ein Lächeln umspielte seine Lippen, als er »Okay« sagte und sich aufsetzte. Mit einem Ächzen stellte er sich auf die Füße, brummelte was von zu alt für Sex auf dem Fußboden und half Tara aufzustehen.

KAPITEL 3

Am Mardi Gras Dienstag kostümierte sich ganz
New Orleans zum Endspurt des Karnevals. Tara
und Julien blieben im Bett, wie an einem faulen
Sonntag, zugedeckt von zerknitterten Laken. Der
Regen hatte über Nacht angehalten, und so
platschten dicke Tropfen gegen die Industriefens-
ter des Lofts. Ihr beharrliches Klopfen wurde
von Chris Martins Stimme übertönt, die aus den
Boxen des Soundsystems drang. Leise, zurückhal-
tende Instrumente begleiteten den Sänger von
Coldplay im Song *The Scientist*. Er sang, dass es
nicht einfach werden, er aber trotzdem zurück
zum Anfang gehen würde. Seine Worte waren
wie eine Aufforderung, aber Tara war sich bewusst, wie schwer ein Neustart wirklich sein würde. Kein Song der Welt konnte die damit verbun-
denen Sorgen und Zweifel kleiner machen.

Sie döste an Juliens Seite. Ihr Kopf lag in seiner Armbeuge, ihre Hand auf seiner Brust, ihr

Bein angewinkelt auf seinem Bauch. Sie hörte und spürte seine Atmung und das Schlagen seines Herzens, monoton und beruhigend. Als er sich streckte, öffnete sie die Augen und betrachtete ihn. Der Schlaf stand noch in seinem Gesicht, machte seine Augen schmaler, seine Haare wilder und die Stoppeln an seinem Kinn dunkler. Sogar sein Lächeln wirkte noch müde.

»Wenn wir uns morgen begegnen, vor einem Café in der Stadt vielleicht«, murmelte er, »rennst du dann wieder an mir vorbei, als wäre ich dir nie begegnet?«

Tara erinnerte sich an ihre Begegnung in der Woche vor Mardi Gras, auf die er mit seiner Frage anspielte. »Ich war unsicher«, erwiderte sie. »Überrascht war ich natürlich auch und im Endeffekt ziemlich überfordert. *Augen zu und durch!*, dachte ich mir.«

Julien schnaubte. »Das hast du aber sehr wörtlich genommen ... mit den Augen zu.«

»Nächstes Mal grüße ich dich freundlich und erkundige mich nach deinem Befinden, versprochen!«

Als Julien eine Braue hochzog, knuffte sie ihn in die Seite. »Hey, das war ein Scherz!«

Er drehte sich auf den Rücken, legte einen Arm unter den Kopf und sah zur Decke. »Der Prozess kann sich hinziehen, und selbst danach ...«

... würde es dauern, bis sich die Wogen geglättet hätten, egal, ob Ben verurteilt oder entgegen aller Erwartungen freigesprochen werden würde. Tara hatte das selbst unzählige Male durchdacht.

Julien fuhr fort: »Du hattest Recht mit deinen Bedenken.«

»Du meinst wegen unserer Beziehung in der Öffentlichkeit?«

»Ja. Zugegeben habe ich mich ziemlich impulsiv auf diesen Fall gestürzt. Alles ging damals so verdammt schnell. Innerhalb von Minuten musste ich mich entscheiden, damit die Hendrics keinen anderen beauftragen. Ich war überzeugt, der absolut perfekte Anwalt für diesen Prozess zu sein.«

»Und das glaubst du jetzt nicht mehr?«

Julien überlegte kurz und antwortete: »Ich wäre es, gäbe es dich nicht. Als ich die Hendrics kontaktiert habe, dachte ich natürlich auch an dich, aber nicht an die Auswirkungen auf unsere Beziehung.«

Tara stützte den Kopf in die Hand, um Julien ansehen zu können. »Das verstehe ich nicht. Dir muss doch klar gewesen sein, dass ich verrückt werde, wenn ich es erfahre … noch dazu aus den Medien.«

»Das war mein Fehler«, räumte er ein, wich ihrem Blick aber aus und schaute erneut zur Decke. »Ich hätte mit dir reden sollen, bevor ich die Nebenklage übernommen und die Hendrics vertreten habe. Himmel, ich habe es ja die ganze Zeit vorher versucht, aber es wurde von Tag zu Tag schwerer, und dann geschah der Mord. Als ich dich anrief, bist du nicht rangegangen. Da war es dann zu spät.«

Tara dachte darüber nach. Im Nachhinein konnte sie sich nicht vorstellen, wie sie auf die rechtzeitige Enthüllung seiner Vergangenheit und später auf seinen Plan reagiert hätte. Es spielte nun auch keine Rolle mehr. Es änderte nichts.

»Du warst so klar in deinen Gedanken, so vorausschauend und vom Verstand geleitet«, erinnerte sich Julien, »während ich absolut emotional handelte ... in jeder Hinsicht, sowohl was den Fall und meine Vergangenheit als auch dich betraf. Dich vor allem anderen.« Er sah sie wieder an. »Hättest du dich darauf eingelassen, wären wir längst gescheitert.«

Tara wollte das so nicht stehen lassen. »Ich war nicht ausschließlich verstandsorientiert, sondern auch verletzt. Tief verletzt und irritiert, ob du mich benutzt hast, um an meinen Vater ranzukommen.«

Julien wollte ihr ins Wort fallen, doch sie legte einen Finger über seinen Mund. »Du musst nicht sagen, dass es nicht so war, ich habe es dir schon bei unserem letzten Gespräch geglaubt, aber verletzt war ich trotzdem.« Sie gab seinen Mund frei und seufzte. »Und jetzt bin ich so ratlos, wie damals. Wenn die Hendrics hiervon erfahren ...« Sie schüttelte den Kopf. »Du und die Schwester des Mannes, den du wegen der Ermordung ihrer Tochter anklagst ... Sie würden dir den Fall entziehen.«

»Ich weiß. Die Öffentlichkeit wird mich zerrupfen, und ich könnte alle hart erarbeitete Glaubwürdigkeit verlieren.«

Tara dachte auch an die Konsequenzen, die ihr selbst bevorstünden: »Ich wiederum müsste einige Erklärungen abgeben, mich an deine Seite stellen und sagen, dass ich meinen Bruder für schuldig halte.«

»Deine Eltern machen dir die Hölle heiß.«

Sie schnaubte und rollte sich ebenfalls auf den Rücken. »Die sind mir egal. Meine Kollegen und Studenten aber nicht.«

»Man würde dir vorwerfen, manipulierbar zu sein, und das könnte dich deinen Job kosten.«

»All solchen Schrott …« Tara seufzte noch einmal und rutschte näher an Julien, weil sie seine Nähe, seine Wärme spüren musste. Die war ein Trost und gab Hoffnung in all dem Chaos.

»Tatsächlich gibt es nur eine Möglichkeit.«

»Und die wäre?«

»Ich muss den Fall an einen Kollegen abgeben. Dass ein anderer nicht ohne Kosten für die Hendrics antritt, wäre die kleinere der Enttäuschungen, die ich ihnen damit bescheren würde.«

Tara zweifelte am Sinn der Möglichkeit. »Was würde das jetzt noch bringen? Unmittelbar danach hätten wir dieselben Probleme. Wir müssten trotzdem warten.«

Julien widersprach nicht. Eine ganze Weile sagte er überhaupt nichts, und Tara stimmte in sein Schweigen ein.

»Schade, dass Mardi Gras nicht das ganze Jahr dauert«, brummelte er irgendwann. »Wir müssten uns nicht verstecken, sondern bräuchten bloß Kostüme anzuziehen, wenn wir vor die Tür wollen.«

»Ich würde sterben, müsste ich jeden Tag in Grün, Lila und Gold herumlaufen.«

»Na, komm schon!« Er stützte sich ab, sah grinsend auf sie herab und strich ihr eine Strähne aus dem Gesicht. »So ein kleines Opfer könntest du schon bringen.«

»Ein kleines Opfer?«

»Na gut, bei deinem Faible für Schwarz, kleiner Blackbird. Aber wir müssen uns nicht an die Tradition halten. Es gibt genug schwarze Kostüme.«

»Als was wären wir dann unterwegs? Batman und Catwoman für den Supermarkt?«

»Zum Beispiel. Oder die Blues Brothers, wenn wir mal was essen gehen wollen.«

»Gomez und Morticia Adams auf der Kuschelbank im Kino.«

»Darth Vader im Doppelpack für den einen oder anderen Streifzug entlang des Mississippi.«

»Wie romantisch!« Tara atmete so geräuschvoll, wie man es von der Filmfigur kannte, und ächzte dann: »Ich *schnauf* liebe *schnauf* dich *schnauf* auch!«

Juliens Grinsen verschwand. Sie ahnte, dass er sich an die schreckliche Minute erinnerte, in der er ihr gesagt hatte, dass er sie liebte – und sie ihn aufgefordert hatte, das Mandat zum Beweis dafür abzugeben. Die Worte, die sie eigentlich hätte zurückgeben sollen, brannten seither auf ihrer Seele.

Sie hatte Übung darin bekommen, diesen Schmerz zu kühlen und bediente sich auch für den Moment aus ihren imaginären Eimer mit Eiswürfeln, bis sie das Brennen nicht mehr spürte. Ein anderes Gefühl war ihr dafür umso bewusster. Es kursierte in ihrem Bauch und prickelte in Richtung ihrer Beine.

Sie strich mit dem Finger über Juliens Brust, langsam immer weiter abwärts und vertrieb die Schwere, die sich hatte einschleichen wollen, mit ein paar Worten: »Wir könnten auch den ganzen Tag drin bleiben und gar nichts anziehen.«

Er schob sich über sie, stützte sich zu ihren Seiten auf. »Und was tun?«

»Was uns so einfällt. Vögeln zum Beispiel.« Sie schnurrte, weil sie seine Erektion an ihrem Bauch spürte. »Gerade hab ich wahnsinnig große Lust darauf. Du etwa nicht?«

»Die Antwort kennst du ohne Zweifel«, antwortete er und drang in sie ein.

***

Nach dem Sex hatten sie Hunger. Weil es schon nach Mittag war, ließen sich ihre Mägen nicht mit Apfelschnitzen ruhigstellen.

Julien frühstückte selten zu Hause, weil er das langweilig fand – so allein. An Werktagen holte er sich also einen Kaffee und ein Croissant, aß und trank im Auto oder spätestens im Büro, während er an Wochenenden zum Frühstück ausging, stundenlang in einem Café blieb und das Nichtstun beim Schmökern in der Tageszeitung genoss. Tara hatte es bis vor kurzem ähnlich gehalten, aber seit Shadow bei ihr lebte und zum Frühstück grundsätzlich bei ihr hockte, fühlte sie sich in Gesellschaft.

Nach dem Duschen schlüpfte Julien in eine Sweathose, einen Pullover und Sneakers und versprach, bald mit etwas zu Essen zurück zu sein. Tara duschte ebenfalls, zog dann Shorts und ein T-Shirt von ihm an, weil sie ihr Kostüm natürlich nicht wieder tragen wollte.

Auf ihrem Handy fand sie eine am Abend eingegangene Nachricht von Kat; nur ein winziges Okay auf ihre Mitteilung, dass sie nicht ins Missi Spirits kommen würde. Sie steckte das Handy wieder in die Tasche, ließ sich vom Automaten eine Tasse Kaffee zaubern und setzte sich in die Bank eines der hohen Fenster. Unten in der Straße tummelten sich Kostümierte auf dem Weg zu den letzten beiden Paraden. Ihr Krakeelen wirkte wie lautlos gestellt, weil die Wohnung gut gedämmt war. Tara lauschte der Musik — immer noch Coldplay, ein Song namens *Trouble* inzwischen — und blinzelte gegen die Februarsonne. Endlich war es der nämlich gelungen, die Regenwolken zu vertreiben, und jetzt schien sie so kräftig, dass man den Pfützen beim Trocknen zuschauen konnte.

Taras Herz schlug höher, als sie Julien zurückkommen hörte, und sie lief ihm entgegen. Eine dunkle Sonnenbrille auf der Nase, den Autoschlüssel zwischen den Lippen, zwei Papiertüten auf den Armen kam er zur Tür herein.

»Total irre, diese Stadt«, murmelte er am Schlüssel vorbei.

Tara nahm ihm eine Tüte ab, trug sie zum Küchentresen und packte aus. Er hatte O-Saft und grüne Smoothies, Erdbeeren und Weintrauben, Brot, Käse und Schokocroissants mitgebracht. Während sie das Obst wusch und in Schalen gab, deckte er den Tresen und ließ den Automaten mehr Kaffee zaubern. Wenig später saßen sie einander gegenüber und frühstückten. Tara erinnerte sich an ein noch unangetastetes Thema.

»Damals, letzten Herbst«, sagte sie, während sie eine Scheibe Brot vom Laib schnitt. »Da hast du etwas gesagt. Ich finde, ich sollte hier die ganze Wahrheit wissen ... wenn es dir nichts ausmacht, darüber zu sprechen.«

Julien schob sich ein Stück Käse in den Mund, kaute und überlegte. »Was meinst du?«, fragte er dann. »Das mit meinem Vater?«

Tara legte die Scheibe auf ihren Teller und sah ihn an. »Ja. Mit deinem Engagement im Mordprozess willst du dem ungerechten Urteil meines Vaters ein gerechtes Urteil gegenüberstellen. Warum glaubst du, dass sein Urteil ungerecht war?«

Nicht nur Juliens einstige Worte ließen Tara darüber nachdenken, sondern auch der Hohn ihres Vaters, mit dem er Juliens Bemühungen zur Erwirkung eines Freispruchs für seinen Vater ins Lächerliche gezogen hatte.

»Zuerst einmal«, begann Julien, »mein Vater war kein Unschuldslamm. Er war lange Zeit arbeitslos, konnte nicht für seine Familie sorgen. Um Rechnungen bezahlen zu können, haben er und sein Freund eine Reihe von Banken um jede Menge Geld erleichtert. Für die Bankraube hätte er bestraft werden sollen, nicht für den Doppelmord an den Polizisten, denn den hat er nicht begangen.«

»Sondern?«

Tara hatte gehört, dass lediglich Michael Cavanaughs Freund eine Waffe besessen und geschossen haben sollte, doch schon die Anwesenheit bei einer solchen Tat rechtfertigte eine Verurteilung, denn sie galt als Beihilfe zum Mord.

»Der andere hat geschossen. Mein Vater war nicht mal da.« Julien lehnte sich zurück und sah über Taras Schulter hinweg zu den Fenstern. »Er ist abgehauen, als die Cops zur Bank kamen und hat sich mit dem Großteil des erbeuteten Geldes in einer stillgelegten Werkstatt versteckt. Dort fanden sie ihn später, verhafteten ihn und unterstellten ihm, erst nach der Schießerei dorthin geflüchtet zu sein.«

Tara zupfte ihr Brot auseinander, aß Stücke davon und versuchte sich vorzustellen, was in der Zwischenzeit passiert war: Der Freund seines Vaters hatte das Feuer auf die Polizisten eröffnet und zwei von ihnen tödlich verletzt, bevor er erschossen wurde. Dass das niemand gesehen haben wollte, erschien ihr unwahrscheinlich und das sagte sie Julien auch.

Er lachte bitter. »Cops halten zusammen, insbesondere, wenn welche von ihnen ums Leben kommen. Zivile Zeugen fanden sich zuerst keine, denn alle waren in Deckung, entweder in der Bank oder davor. Aber zehn Jahre später, als ich bereits Anwalt war, redete ich mit einem ehemaligen Bankangestellten, der sowohl die Flucht meines Vaters als auch den eigentlich Schusswechsel beobachtet hatte.«

Das war der Fakt, den ihr Vater spöttisch unter den Tisch gekehrt hatte. »Warum wurde der Mann nicht angehört?«

»Weil ihm ein populärer Psychologe der Stadt Demenz bescheinigte.« Ein weiteres bitteres Lachen erklomm Juliens Kehle. »Und der eine Geschworene, der davon wusste und für *Nicht-Schuldig* gestimmt hätte, war rechtzeitig ausgetauscht worden – von Richter Alexander LaLaurie.«

Tara vertrieb die Gänsehaut von ihren Armen, indem sie darüberstrich. Ein einziges Nicht-Schuldig hätte für einen Freispruch genügt.

»Der Geschworene wollte später nichts mehr dazu sagen?«

Julien schüttelte den Kopf und sah sie wieder an. »Allein beim Gedanken daran klapperte der vor Angst mit den Zähnen.«

Eine Frage stellte sich Tara noch. Prinzipiell hatte sie eine Ahnung, eine eigene Antwort, doch sie wollte Juliens Erklärung.

»Was, denkst du, hatte mein Vater davon, den Prozess dermaßen zu beeinflussen und einen Mann, von dem er weiß, dass er unschuldig ist, zum Tode zu verurteilen?«

Julien zuckte mit den Schultern. »Zum einen erhielt er Zuspruch von den Cops und aus der Bevölkerung. Zum anderen brachte es ihm wohl Genugtuung.«

Weil er nicht weitersprach, führte Tara den Gedanken zu Ende: »Den tatsächlichen Cop-Mörder konnte er für die Tat nicht mehr zur Verantwortung ziehen. Er war in der Schießerei ums Leben gekommen, konnte nicht an den Pranger gestellt und bestraft werden.«

»Das ist in etwa das, was mir dazu einfällt«, sagte Julien und verzog den Mund. »In den Augen deines Vaters war mein Vater ein Mensch von minderer Qualität, ein Krimineller natürlich, der dem Zweck der Abschreckung diente und um den es nicht schade war.«

Tara griff über den Tisch hinweg nach seiner Hand, die nervös mit dem Zipfel einer Serviette spielte. »Es tut mir sehr leid!«, flüsterte sie und spürte wie sich ein Kloß in ihrem Hals festsetzte, weil ihr die Entschuldigung so fad erschien.

Julien spannte sich an und Tara erwartete halb, dass er ihre Hand loslassen würde, doch er hielt sie weiter, festigte den Griff sogar.

»Nicht einmal die Gnade der Giftspritze hat man ihm gewährt. Er wurde auf den Elektrischen Stuhl gesetzt, und das …« Julien presste die Worte zwischen den Zähnen durch. »… das war ein Anblick, den ich mein Leben lang nicht vergessen werde.«

Tara brachte kein Wort mehr hervor. Sie konnte nichts anderes tun, als seine Hand zu halten und ihm zu zeigen, dass sie mit ihm fühlte. Sie spürte eine Träne ihre Wange hinabrollen, wischte sie aber nicht weg.

»Ich hätte es nicht ansehen sollen«, sagte er schließlich, »meine Mutter hat mich angefleht, es mir nicht anzutun. Sie selbst konnte es nicht und hat sich einen Tag vorher von ihm verabschiedet, aber ich wollte ihn nicht allein lassen. Ich wusste, dass er furchtbare Angst hatte, und schließlich war ich all die Jahre vorher auch da gewesen, im letzten Jahr beinahe jeden Tag …«

Juliens Stimme brach ab. Kurz tauchte sein Blick tiefer in den von Tara, dann stand er auf und ging zu dem Fenster, in dem sie zuvor gesessen hatte.

Tara blieb am Tisch, weil sie annahm, dass er ihre Nähe gerade nicht wollte. Sie trank ihren Orangensaft aus und schob sich eine Erdbeere in den Mund, kaute und schluckte sie, ohne die Süße der Frucht wirklich zu schmecken. Eine Stimme in ihrem Kopf schimpfte, weil sie nicht bis nach dem Frühstück gewartet hatte, obwohl Julien und sie so hungrig gewesen waren. Sie hätte sich denken müssen, dass dieses Thema allen Appetit verdarb, aber prinzipiell besaß es das Potenzial jede eigentlich gute Minute zu einer schlechten zu machen.

Als sie zu ihm hinübersah streckte er die Hand nach ihr aus. Erleichtert ging sie zu ihm und leistete ihm auf der Fensterbank Gesellschaft. Dort blieben sie, während das Wetter vor dem Fenster wechselte wie im April. Regen und Sonne kamen und gingen, bis es am späten Nachmittag zu dunkeln begann und die Stadt ihre Lichter anknipste, die Brücke zuerst, dann die Hochhäuser des Business Districts.

Sie holten das Essen zum Fenster, futterten jeden Krümel und alles Obst. Kaffee und Orangensaft ersetzten sie durch Wein. Satt und mit einer leisen Zufriedenheit in sich saß Tara zwischen Juliens Beinen und lehnte gegen seine Brust.

»Weißt du eigentlich, wie sehr ich dieses Teil liebe«, sagte er irgendwann und zupfte an dem T-Shirt, das sie Stunden zuvor aus einem der Schließfächer, die ihm als Kleiderschrank dienten, genommen und angezogen hatte.

Es war ein dunkelblaues, auf dessen Brust der Name von Juliens Universität in North Carolina, Duke, in fetten weißen Lettern eingenäht war.

»Meine Mutter hat es mir geschenkt, als ich vom Stipendium erfahren habe.«

Tara schmunzelte. »Ich hoffe, die Boxershorts, die ich mir zusammen mit dem T-Shirt geliehen habe, hat nicht auch deine Mutter gekauft.«

Julien lachte. »Natürlich nicht, verdammt. Das T-Shirt hat halt eine besondere Bedeutung, einen bestimmten Wert, trotz des einen oder anderen Lochs.«

»Die Löcher steigern seinen Wert höchstens.«

»Ganz genau.« Er legte sein Kinn auf ihre Schulter und murmelte an ihr Ohr: »Ich mag es an dir.«

»Danke, dass ich es anziehen darf«, gab sie zurück.

Eine weitere Stunde verging, in der sie dort saßen, über die Stadt schauten, sich mal unterhielten und mal einfach still waren. Der Gedanke, dass sie bald nach Hause musste und morgen ein ganz normaler Tag an der Uni begann, verdarb Taras Laune. Sie wollte nicht gehen, doch sie musste Shadow füttern, sich außerdem ein wenig vorbereiten und natürlich brauchte sie Kleidung – würde sie in ihrem Hutmacherkostüm am nächsten Tag auch für eine Aufheiterung der auf Party eingestellten Studenten sorgen.

Julien schien ähnlichen Gedanken nachzuhängen. Als sie aufstanden, drehte er sie zu sich um gab ihr einen Kuss. Nicht auf die Wange, wie zum Abschied. Nicht auf den Mund, wie zur Besitzanzeige. Auf die Stirn, wie um zu sagen: Ich beschütze dich!

KAPITEL 4

Julien fluchte, weil ein bulliger Pick-up auf seinem Parkplatz stand. Den ganzen Tag war er unterwegs gewesen und hatte mit zwei Zeugen gesprochen, die im Prozess gegen Ben LaLaurie
aussagen würden. Jetzt war er einfach nur erledigt
und für einen Moment versucht, den Pick-up in
zweiter Reihe zuzuparken. Um noch mehr Stress
zu vermeiden, fuhr er weiter und stellte seinen
Wagen auf den Parkplatz des Immobilientypen.
Der wusste, mit wem er sprechen musste, falls er
heute noch mal in sein Büro kam.

Den Mantel über dem Arm, den Riemen der
Tasche über die Schulter gehängt, eilte Julien
durch den Nieselregen, warf einen düsteren Blick
auf den Pick-up und wünschte ihm eine Beule in
den auf Hochglanz polierten Lack. Wenig später
betrat er seine Kanzlei, die sich, wie sein Appartement, im Warehouse District von New Orleans
befand. Seit fünf Jahren mietete er das Parterre

eines Mehrfamilienhauses, und ebenso lange arbeitete Sylvia schon für ihn.

»Da sind Sie ja«, sagte sie und setzte ihre an einer Kette hängende Brille ab, weil sie die lediglich für die Nähe brauchte. »Gerade wollte ich Sie anrufen.«

Julien gab ihr seinen Mantel und betete im Stillen, dass sie ihm nicht noch einen Termin aufs Auge gedrückt hatte. Er war fertig für heute, im Kopf allemal, wollte die Fakten des Tages nun lediglich ins System überspielen und dann Feierabend machen.

»Warum?«, fragte er und ging in Richtung seines Büros. »Ist was passiert?«

Sylvia schüttelte Kopf und senkte die Stimme. »Da drin sitzt ein Cop. Er hat darauf bestanden, zu warten … trinkt jetzt den dritten Kaffee. McAllister ist sein Name.«

Julien zwang sich zu einem »Danke«, das nicht halb so freundlich klang wie es sollte. Sylvia hatte nichts falsch gemacht. Sie konnte nicht wissen, dass Ethan McAllister sicher nicht aus dienstlichen Gründen hier war. Wahrscheinlich hatte er seine Dienstmarke gezückt, um sie das glauben zu lassen. Julien ahnte, dass er entweder von Alexander LaLaurie geschickt wurde, damit er ihm im Fall seines Sohnes auf den Zahn fühlte, oder dass er wegen Tara kam. Julien hoffte auf Ersteres, glättete seine Miene und betrat sein Büro.

Den Kaffee in der Hand, stand Ethan am Fenster und sah auf die Straße. Viel anderes konnte er nicht tun, denn sämtliche Schränke waren abgeschlossen und Schnickschnack gab es keinen. Das einzige Bild im Zimmer, ein großer Farbdruck von in den Sand gespießten bunten Surfbrettern, erfrischte Juliens Geist hin und wieder, doch für eine stundenlange Betrachtung war es eher ungeeignet.

»Mr. McAllister«, sagte Julien, als sich der Cop umdrehte und sich ihre Blicke begegneten. Er reichte ihm die Hand zur Begrüßung.

»Mr. Cavanaugh …« Ethan erwiderte den Handschlag und lächelte kühl. »Ich hoffe, es ist okay, dass ich auf Ihrem Parkplatz stehe.«

Julien knurrte innerlich, gab das Lächeln aber zurück und sagte: »Klar, kein Ding«. Dann ging er zu seinem Platz hinter dem Schreibtisch und bot Ethan den davorstehenden Sessel an. Der stellte den Kaffee auf den Tisch und nahm Platz.

»Wir sind uns bereits begegnet, falls ich Sie nicht verwechsele«, begann Julien, wobei er sich einer Floskel bediente, denn an die beiden Begegnungen mit Ethan erinnerte er sich lebhaft: Beim ersten Mal hatte er den Cop im Bayou nach Tara brüllen sehen. Das andere Mal hatte er ein paar Hocker weiter in einer Bar gesessen und sich Whiskey in den Kopf geschüttet.

»Du weißt, wer ich bin, Kumpel!«, antwortete Ethan und verschränkte seine muskulösen Arme vor der Brust.

Julien seufzte innerlich. Ging das wieder los! Dass sie beide keine Kumpel waren, hatte er schon klargestellt, und er hasste es, von diesem Mann so angesprochen zu werden. Bewusst respektlos. Ebenso bewusst blieb Julien bei der förmlichen Anrede.

»Ich nehme an, Sie haben eine Faszination für Whiskey und abenteuerliche Ausflüge ins Sumpfland. Einen Reim auf Ihren Besuch bei mir kann ich mir daraus allerdings nicht machen.« Julien lehnte sich zurück, legte die Hände auf die Armstützen und begann im Sessel zu wippen. »Was führt Sie also zu mir?«

»Die Sorge um eine gemeinsame Bekannte.«

Es ging um Tara. Leider. Julien schwieg fürs Erste, ließ sich die Enttäuschung aber nicht anmerken.

Ethan fuhr fort: »Ich bin kein Freund vom Kostümieren, folglich halte ich nichts von diesem Mardi-Gras-Wahnsinn. Der Scheiß beschert mir nur mehr Arbeit als ich sowieso habe. Viele meiner Männer sehen das anders und waren in den letzten vier Tagen zum Feiern unterwegs, also hab ich den einen oder anderen Posten auf den Straßen übernommen.«

Julien hatte eine Ahnung, worauf Ethan hinauswollte, und sein Denkapparat ratterte auf Hochtouren.

»Das ist großmütig von Ihnen«, sagte er nur. »Ihre Leute wissen das sicher zu schätzen.«

Ethan überging das. »Am Montagnachmittag, als dieser Regen anfing, war ich im Süden des Business Districts unterwegs. Mit einem Kollegen stand ich am Rand des Pulks und beobachtete einen Mann in einem Piratenkostüm, der eine offenbar bewusstlose Frau aus der Menge trug. Ich wollte meine Hilfe anbieten, kam aber so schnell nicht durch und sah nur noch, wie der Mann die Frau in ein Cab bugsierte und mit ihr wegfuhr.«

Julien hörte nicht auf, im Sessel zu wippen, als würde ihm das Gehörte nichts ausmachen. Zu gerne wollte er jetzt, wie Ethan, auf Konflikt schalten und die Arme vor der Brust verschränken, er zwang sich aber, sie auf den Stützen liegen zu lassen. Still blieb er außerdem.

»Was ist los, Kumpel?«, knurrte Ethan. »Hat's dir die Sprache verschlagen oder warum sagst du nichts?«

Julien zog die Brauen hoch. »Ich höre Ihnen zu. Allerdings frage ich mich auch, warum Sie mir das erzählen.«

»Der verdammte Pirat, das warst du! Und die Frau, das war Tara.«

»Na und?«

»Du lässt besser die Pfoten von ihr!«

Zorn köchelte in Julien, heizte sein Blut auf und trieb sein Herz an. Inzwischen fiel es ihm wirklich schwer, neutral zu wirken, doch es war dringend nötig. Eine falsche Regung, und er würde sich vor Ethan verraten. So sehr es in seinen Fingern auch kribbelte, so sehr seine Stimmbänder zitterten, Julien blieb äußerlich gelassen und erzählte dem Cop eine Geschichte, die gar nicht mal erfunden war:

»Sie ist mir praktisch in die Arme gefallen. Was hätte ich tun sollen? Sie ohnmächtig liegen lassen, sie irgendwem anders überlassen?« Er schüttelte den Kopf. »Das ist nicht meine Art, ungeachtet der Situation, also hab ich Tara zu einem Cab gebracht. Ich wollte sie in ein Krankenhaus bringen, doch sie wurde wach und wollte nach Hause.«

»Und dann?«, fragte Ethan.

Julien zuckte mit den Schultern. »Ich hab sie nach Hause gebracht und bin zurückgefahren.«

Es war heikel, ab hier zu lügen, aber er war ziemlich sicher, dass Ethan ihnen nicht gefolgt war. In einer ganz anderen Stimmung würde er dann vor ihm sitzen, hätte ihn wahrscheinlich längst am Kragen gepackt.

»Nur um das klarzustellen«, grollte Ethan. »Falls du Tara für deine Sache benutzt oder das vorhast, wirst du es bereuen. Inzwischen habe ich ja so einiges über deine Vergangenheit gehört und denke, dir ist jedes Mittel recht, um dich mit Alexander LaLaurie anzulegen. Allein die Nebenklage …«

Julien unterbrach ihn: »Drohen Sie mir etwa?«

Ethan hob die Hände. »Keineswegs. Mein Cop-Instinkt sagt mit allerdings, dass hier irgendwas ganz gewaltig stinkt. Bei dem, was mit deinem Vater war, ist deine Anwesenheit im Bayou schon ein ziemlicher Zufall. Du musst Tara danach mindestens noch einmal gesehen haben, denn du wusstest, dass ihr Bruder sie geschlagen hat. Und nun …«" Er wackelte mit den Fingern, als würde er zaubern, und machte dazu große Augen. »Nun bist du rein zufällig zur Stelle, als sie inmitten von zigtausend Leuten das Bewusstsein verliert.«

»Das nenn ich Schicksal. Manchmal ist das Leben pure Ironie.« Julien beschloss, aus der Defensive in die Offensive zu gehen. »Sind Sie tatsächlich aus persönlicher Sorge um Tara hier oder als Lakai von Alexander LaLaurie? Schickt er Sie, um mich einzuschüchtern? Lässt er mich durch Sie beschatten, um mir irgendeinen Strick zu drehen?« Er schnaubte und verzog den Mund zu einem halben, gar nicht amüsierten Lächeln. »Fällt ihm nichts Besseres ein, als mir zu unterstellen, ich hätte es auf seine Tochter abgesehen?«

Einen Moment lang schwieg Ethan, scheinbar betroffen und auf der Suche nach einer Antwort. »Alexander LaLaurie weiß nichts von meinem Besuch hier«, sagte er dann. »Davon abgesehen bin ich so gut beschäftigt, dass keine Zeit für Detektivarbeiten bleibt. Nicht mal als Gefallen für einen guten Freund.«

Er stand auf und schob die Hände in die Jeanstaschen. »Vergiss nicht, was ich dir in der Bar gesagt habe, Kumpel.«

Das würde nicht geschehen. Der Cop hatte ihn wissen lassen, dass er ihn im Auge hatte – aus freien Stücken dann offenbar und nicht auf Befehl von Taras Vater.

Julien blieb sitzen. »Sie finden allein raus?«

Ethan drehte sich um und ging. Als er die Tür hinter sich zuzog, atmete Julien durch, legte den Kopf zurück und schaute zur Decke, um nachzudenken.

***

Im Unterschied zu Juliens Loft besaß Patricks Haus jede Menge Winkel, in die man sich zurückziehen, und Türen, die man schließen konnte. Der im Untergeschoss liegende Pokerraum mit Bar bot sich ganz besonders an, und Julien konnte es nicht abwarten, dorthin zu verschwinden. Nachdem er eine Stunde mit der Familie seines besten Freundes am Esstisch gesessen, Auflauf und Salat gegessen und Wasser getrunken hatte, weil Abby im Alltag keinen Alkohol duldete, war ihm wirklich nach einem Bier zumute. Er musste sich gedulden, denn zuerst wollten die Mädchen seine Aufmerksamkeit. Zoe, Jada und Morgan hatten einen Narren an ihm gefressen, denn bei seinen Besuchen veranstaltete er meistens Blödsinn, bis ihre Mutter sie alle bremste. Weil das Wetter zu kühl und Toben im Haus nicht erlaubt war, hockte er mit ihnen auf dem Boden eines der Kinderzimmer und bemalte ein großes Plakat. Beim letzten Mal hatten es Schmetterlinge sein sollen; heute waren Herzen dran. Julien konnte sich nicht erinnern, je ein Herz gemalt zu haben.

»Für wen ist dein Herz?«, fragte die fünfjährige Jada, die sich von ihrer Zwillingsschwester Zoe nur durch einen Leberfleck am Kinn unterschied.

»Für euch drei natürlich«, antwortete Julien und gab sich Mühe, die Seiten seines Herzens möglichst gut zu spiegeln.

»Warum malst du dein Herz nicht für deine Frau?«, wollte Zoe wissen.

Jada stieß sie in die Seite. »Er hat doch keine! Weißt du das denn nicht?«

»Das glaub ich aber nicht«, widersprach Zoe. »Er muss eine Frau haben. Er ist doch schon so alt.«

Die dreijährige Morgan wurde hellhörig. »Warum hast du keine Frau?«, wollte sie wissen und kletterte auf seinen Rücken, um sein Herz von oben zu begutachten. »Wenn du keine Frau hast, kannst du auch keine Kinder haben, die mit uns spielen können.«

Julien musste lachen. »Ihr habt doch euch drei. Das sind Spielkameradinnen genug.«

Er legte den hellblauen Stift, mit dem er den Rand des Herzens gemalt hatte, beiseite und nahm einen pinkfarbenen, um Kleckse in die Mitte zu machen. Den Rest würde er dann mit Hellblau ausfüllen.

Zoe grübelte immer noch über die Frau, die er angeblich nicht haben sollte. »Du willst nur nicht verraten, für wen das Herz ist, stimmt's?«

»Stimmt«, antwortete Julien – vor allem, um ihr einen Gefallen zu tun.

Zoe steckte Jada die Zunge raus. »Siehst du!«

Jada war entrüstet. Sie stand auf und stemmte ihre Ärmchen in die Seiten. »Wie heißt deine

Frau? Und warum hast du sie nie mitgebracht, wenn du sie hast.«

»Ich kenne sie noch nicht so lange.«

Julien färbte den letzten Klecks pink und richtete sich mit einem Stöhnen auf, nachdem Morgan von seinem Rücken gerutscht war. Die Beine schmerzten ihm von langen Hocken, und er beeilte sich, das restliche Herz hellblau auszumalen.

»Bringst du sie mal mit?«, fragte Zoe.

»Irgendwann vielleicht.«

Alle drei schimpften unisono, weil ihnen die Aussage zu schwammig war. Sie wurden von ihrem Vater unterbrochen, der in der Küche fertig war, und Julien abholen kam.

»Onkel Julien hat eine Frau und will sie uns nicht zeigen«, petzte Morgan.

Ihre Mutter, die ebenfalls ins Zimmer kam, schnappte das Mädchen, um es im Bad in die Wanne zu setzen. Julien und Patrick flohen inmitten des lautstarken Protestes, in den die beiden anderen beim Wort *Aufräumen* einstimmten.

Der Stille des Pokerraums tat den Ohren gut. Während Patrick Bier aus dem Kühlschrank holte, setzte Julien sich auf einen Hocker an der Hausbar. Sein Blick fiel auf ein Mini-Roulette und er vermutete, dass es noch von einem Abend mit Freunden dort stand. Um es auszuprobieren, setzte er das Rad in Schwung und warf die kleine weiße Kugel hinein. Sie hopste von Feld zu Feld und blieb bald auf der roten Fünfundzwanzig liegen.

»Wie läuft's bei dir?«, fragte Patrick und stellte ihm ein Bier hin.

»Gut«, entgegnete Julien.

Das war die Routineantwort auf die Routinefrage. In einer Männerzeitschrift hatte er gelesen, dass viele Männerkonversationen so begannen. Eine Ausnahme gab es bei Taxifahrern, die auf diese Routinefrage wegen miserabler Geschäfte grundsätzlich eine negative Antwort gaben und deshalb meistens nicht mehr gefragt wurden.

»Und bei dir?«, fragte er, obwohl er ahnte, dass nach der obligatorischen Antwort Fakten aus dem Job kommen würde.

»Läuft«, erwiderte Patrick erwartungsgemäß, trank einen Schluck, setzte das Bier wieder ab und wischte sich mit dem Handrücken über die Lippen. »Ein Buick heute und ein Gebrauchter, vorgestern ein Chevy, kann nicht klagen. Zwar ist ein Verkäufer krank, wie jedes Jahr nach Mardi Gras, und die Neue am Empfang braucht noch ein bisschen, bis sie mit den Aufgaben warm wird, aber das wird alles. Alles gut.«

In nicht mal einer Minute war Julien über Patricks Autohaus geupdated. Patrick kam auf den für den Sommer angekündigten neuen Pontiac Trans Am zu sprechen. Zusammen mit einem anderen GM Dealer wollte er für eine Probefahrt nach Colorado fliegen und konnte nicht verstehen, dass Julien keine Lust hatte mitzukommen.

»Was zum Geier findest du bloß an den deutschen Karren?«, fragte er und war mal wieder ein bisschen beleidigt, weil Julien in all seinen Jahren als Händler noch nie ein Auto bei ihm gekauft hatte.

»Ich mag sie einfach.« Julien beließ es dabei. Alles andere hätte nur zu Diskussionen geführt, die er heute brauchte wie ein Loch im Kopf.

Seit vielen Jahren fuhr er kein amerikanisches Auto, weil er die Qualität und Zuverlässigkeit der deutschen Fabrikate zu schätzen gelernt hatte. Ihm war egal, zu wie vielen All-American-Clubs er deshalb keinen Zutritt hatte. Ganz davon abgesehen würde er auch ein Auto von GM nicht bei Patrick kaufen, ebenso wenig würde er ihn als Anwalt vertreten, denn mit Freunden machte er niemals Geschäfte. Schließlich sollten sie Freunde bleiben.

Während Lobeshymnen oder Kritiken zu anderen Autos ertönten, gab Julien dem Roulette immer neuen Schwung … bis Patrick die Hand drauflegte und das Rad stoppte.

»Was ist denn los mit dir?«

Julien zog eine unschuldige Miene. »Nichts. Was soll los sein?«

»Naja, du rufst an, ob ich Zeit habe und dann sagst du keinen Ton, hörst nicht mal zu.«

»Sorry, ich hatte echt Stress, brauchte halt ein bisschen Ablenkung.« Er hob sein Bier, wackelte damit. »Bei was zu trinken und so.«

Patrick runzelte die Stirn. »Was für Stress?«

»Im Büro.« Das war zwar nur die halbe Wahrheit, doch die genügte vorerst.

»Glaub ich dir nicht.« Nun setzte Patrick das Roulette in Bewegung. »Wenn dich das Ding hier so fasziniert, spielen wir ein Spiel?«

»Welches?« Roulette selbst offenbar nicht.

Patrick überlegte kurz, dann machte er eine Vorschlag: »Wahrheit oder Pflicht etwas abgewandelt, ohne die Pflicht sozusagen. Du darfst drehen, da du daran ja offenbar Spaß hast. Fällt die Kugel auf Schwarz, beantworte ich dir eine Frage, egal welche, mit der absoluten Wahrheit. Landet sie auf Rot, frage ich, und du bist derjenige mit der ehrlichen Antwort.«

Julien hätte seinem Freund so viel spontane Kreativität nicht zugetraut. Welche Fragen er gegebenenfalls beantworten müsste, war ihm allerdings klar und er versuchte, sich rauszureden.

»Patrick, ich bin echt erledigt …«

»Dieses Spiel ist total entspannend, glaub mir.« Er grinste. »Man bekommt den Kopf frei davon.«

»Ich hab aber wirklich …«

»Angst vor meinen Fragen?«

»Natürlich nicht!«

Patrick nickte zum Roulette. »Na dann!«

Julien gab nach, drehte das Rad und warf die Kugel ein. Sie landete auf der roten Fünf.

Patricks erste Frage kam wie aus der Kanone geschossen: »Hast du Tara LaLaurie in letzter Zeit mal gesehen?«

Julien knirschte mit den Zähnen. »Gestern.«

Auf Patricks Zeichen drehte er das Rad erneut. Bei der roten Zwölf kam es zum Stillstand.

»Was habt ihr getan?«

»Wir waren bei mir, seit Montagnachmittag genau genommen. Wegen des bevorstehenden Prozesses können wir nicht in die Öffentlichkeit.«

Als nächstes fiel die Kugel auf die rote Sechsunddreißig.

»Du glaubst nicht allen Ernstes, dass das auf Dauer gut geht, oder?«

Julien schickte seinem Freund ein schiefes Lächeln. »Falls das eine Frage dieses Spiels ist: Nein, das glaube ich nicht. Ich überlege, das Mandat niederzulegen.«

Patrick war verdutzt, aber Julien drehte weiter. Einmal begonnen, hatte er kein Problem mehr mit dem Reden. Die rote Sieben fiel, aber Patrick achtete gar nicht darauf.

»Du riskierst deine Karriere für sie?«, fragte er.

Julien hätte die Frage so nicht formuliert und formulierte seine Antwort entsprechend: »Genau das will ich vermeiden. Den halben Tag hatte ich ein schlechtes Gewissen gegenüber den Hendrics. Mit meiner Beziehung zu Tara würde ich sie vor den Kopf stoßen. Durch ein Niederlegen des Mandats allerdings auch.«

Gedankenverloren drehte er das Roulette und erwachte aus seiner Grübelei, als die Kugel auf einem schwarzen Feld landete.

»Na bitte! Endlich mal Schwarz! Dreiunddreißig. Hast du das Ding manipuliert?«

»Nein«, entgegnete Patrick und gab dem Rad selbst Schwung.

»Hey«, beschwerte sich Julien. »Was ist mit meiner Frage?«

»Die hast du bereits gestellt, und ich hab dir geantwortet.«

Die Kugel landete auf der roten Neunzehn. Patrick sah auf und in Juliens Augen.

»Bist du bescheuert?«, brummelte er.

Julien verzog keine Miene und erwiderte den Blick des anderen, ohne mit der Wimper zu zucken. »Das habe ich mich nicht ein einziges Mal gefragt, seit ich Tara getroffen habe. Ich werte das als gutes Zeichen.«

Er trank sein Bier aus. Patrick drehte sich um und zog einen Whiskey aus dem Regal.

KAPITEL 5

Die Diskussion in der Vorlesung für die Fünftsemestler zog einen Bogen. Das eigentliche Thema befasste sich mit romantischer Ironie in der viktorianischen Literatur zur Vorbereitung auf Charles Dickens' *Great Expectations*, doch die Vorstellungen von romantischer Ironie gingen auseinander und wurden anhand gegenwärtiger Beispiele verdeutlicht. Tara unterbrach den Meinungsaustausch der Studenten nicht, denn er war so erfrischend wie spannend. Die meisten redeten mit, und die wenigen Stillen waren zumindest gedanklich voll dabei – das geschah eher selten.

»Miss LaLaurie, was verstehen Sie denn unter romantischer Ironie?«, fragte ein Student, der gern kritisierte und vieles in Frage stellte.

»Geben Sie uns doch ein paar Beispiele!«, kam es von einem anderen.

Tatsächlich wurden alle still und betrachteten ihre Dozentin teils neugierig, teils skeptisch. Letzteres obwohl sie inzwischen verstanden haben sollten, dass sie keine Theoretikerin war. Tara hatte jedenfalls kein Problem damit, aus dem viktorianischen Zeitalter in die Gegenwart zu kommen, und eine Reihe von Beispielen waren ihr während der Diskussion bereits eingefallen. Für ein erstes musste sie nur an sich selbst und Julien denken.

»Manche lieben die richtige Person zur falschen Zeit«, begann sie, »während sich andere ihrer Liebe nur in Abwesenheit des geliebten Menschen bewusst werden.«

»Hey, das sind gute Beispiele, Miss LaLaurie«, tönte es vielstimmig, und sie fuhr fort:

»Einige halten das Loslassen eines Geliebten für eine Möglichkeit, die Liebe zum Ausdruck zu bringen.«

Eine sonst eher passive Studentin klinkte sich ein: »Stimmt, da gibt es sogar ein Sprichwort: Was du liebst, lass frei …«

»Kommt es zu dir zurück, gehört es dir für immer«, leierten andere im Chor und einer warf ein, dass man das auch als Freifahrtsschein und Gleichgültigkeit verstehen könnte.

Tara leitete einen anderen Gedanken davon ab: »Die meisten Beziehungen scheitern nicht aus einem Mangel an Liebe, sondern weil die Liebe immer im Vordergrund steht und man glaubt, dass einer mehr liebt als der andere.«

Auch dieses Statement fand Zustimmung. Tara beobachtete, dass viele sogar begonnen hatten, mitzuschreiben. Ein Student kündigte an, sie in der monatlichen erscheinenden Unizeitung unter den Dozenten-Quotes zu zitieren. Diese Rubrik wurde eigentlich lustigen Versprechern und scharfzüngigen Äußerungen reserviert.

»Wissen Sie, was ich für die größte romantische Ironie halte?«, fragte Tara und sagte es auch gleich: »Eine Liebe loszulassen, wenn man nichts mehr möchte, als sie festzuhalten oder, im Gegensatz, mit aller Kraft daran festzuhalten, wenn man loslassen muss.« Sie legte eine Hand auf die Brust, spürte ihr Herz schlagen und musste lächeln, weil die Schmetterlinge in ihrem Bauch mit den Flügeln schlugen. »Dabei sollte man manchmal einfach vergessen, was man will, und sich darauf besinnen, was man verdient.«

Weil es so still war und die Blicke weiter erwartungsvoll auf ihr ruhten, hängte sie einen abschließenden Gedanken an: »Die Liebe ist das schönste Gefühl, zu dem der Mensch fähig ist. Aber sie bringt auch die schlimmsten Gefühle mit sich. Wenn du also nicht bereit bist, Schmerz zu empfinden und Tränen zu vergießen, dann bist du nicht bereit für die Liebe.«

Sollten die Studenten sie ruhig in der Zeitung zitieren, dachte sie. Die meisten von ihnen würden sich hoffentlich an ihre Worte erinnern, wenn ihr und Julien die Geheimhaltung ihrer Liebe für die Dauer des Prozesses nicht gelang.

»Miss LaLaurie, ich wette, Sie sind grad verliebt«, kam es von einem Studenten, der häufig

Witze riss. Er grinste breit. »Und zwar bis über beide Ohren.«

Tara ließ das unbeantwortet. Sie sagte den Studenten, was zur Vorbereitung auf die nächste Vorlesung nötig war. Dann wünschte sie allen einen schönen Abend, denn der hatte bereits begonnen.

In einem in der Nähe des Campus liegenden kreolischen Restaurant aß sie Gumbo, einen Cajun-Eintopf, und beeilte sich, in ihr Büro zurückzukommen. Ihr Telefon hatte sie nämlich auf ihrem Schreibtisch liegen lassen und glaubte, Juliens Nachricht dank Murphy's Law ausgerechnet jetzt zu verpassen. Ein bisschen enttäuscht stellte sie fest, dass er sich auf ihre SMS vom Mittag noch nicht gemeldet hatte, verdrängte das negative Gefühl aber und machte sich auf zur Bibliothek. Es war Donnerstag, einer der drei Tage, an denen Studenten am liebsten feierten, und so war nicht viel los. An nur zwei Tischen saß jemand und steckte die Nase in Bücher.

Die Literatur aus dem Genre der Dunklen Romantik befand sich in der zweiten Etage, also ging Tara hinauf und suchte einige Werke zur Interpretation von Nathaniel Hawthornes *Der Scharlachrote Buchstabe* aus dem Regal. Den Roman würde sie in den kommenden Wochen mit ihren jüngeren Studenten im nun zweiten Semester analysieren, und sie freute sich darauf, weil Hawthorne einer ihrer Lieblinge war. Nebenbei hielt sie nach Charlene Ausschau, die noch am Vortag krank gewesen war und heute eigentlich wieder da sein sollte, entdeckte sie aber nirgends.

Bis neun Uhr saß sie an einem der Tische im Parterre der Bibliothek und las über die verschiedenen Bedeutungen des scharlachroten A, das die Protagonistin des Buches auf ihrer Kleidung trug. Am Ende machte sie sich ein paar Notizen zur besonderen Entwicklung des Buchstaben, brachte die Bücher schließlich zurück und wollte gehen, da hörte sie Charlenes Stimme:

»Was hören wir, Schätzen?«

Verwundert hob Tara den Kopf, sah sich um und entdeckte Charlene in der ersten Etage. Sie stand am Geländer, stützte eine Hand darauf und sah abwartend zu ihr hinunter. Anders als sonst lächelte sie nicht, auch ihre Stimme hatte schwer geklungen, und sie war in Weiß gekleidet, nicht in den bunten Farben, die man an ihr kannte.

»Piano wäre schön«, antwortete Tara und dachte über ein passendes Stück nach. Die oftmals mit Streichinstrumenten verbundene Schwermut wollte sie heute nicht, sondern die Leichtigkeit von angeschlagenen Klaviertasten.

»Soll mir recht sein«, kam es von Charlene. »Von wem komponiert?«

»Ludovico Einaudi«, schlug Tara vor. »Una mattina.«

Die ersten zarten Töne des Intros erklangen ein paar Minuten später. Tara hockte sich auf die Tischkante, stützte sich auf den Armen ab und hörte zu. Im Augenwinkel sah sie, wie Charlene die Treppe herunter kam und wandte sich ihr zu. Die Bibliothekarin lächelte, hockte sich auf den vorderen Tisch und lauschte ebenfalls, wobei ihr Blick irgendwo jenseits des Raumes war.

»Bist du wieder gesund?«, fragte Tara.

Charlene wiegte den Kopf hin und her, verzog den Mund. »Ich war nicht krank, nicht wirklich zumindest. Meine Mutter ist gestorben.«

Tara zog erste Schlüsse: Weiß war die Farbe des Voodoo und wurde vor allem bei Zeremonien getragen, möglicherweise auch während einer Trauerphase. Sie ging zu Charlene, umarmte sie und drückte ihr Beileid aus. Als sie zurücktrat, öffnete sich Charlenes Tunika und Tara entdeckte eine Kette mit einem Anhänger. Der Stein war nicht blau, wie der ihres eigenen Amuletts, sondern grün, doch das eingravierte Veve war ebenfalls mit Silber ausgefüllt. Es war nicht das der Erzulie, das eines anderen Loas musste es sein.

»Meine Mutter hat mir die Kette gegeben«, erzählte Charlene als das Klavierspiel zu Ende war. »Wenige Stunden vor ihrem Tod hat sie sie gemacht. Es ist das Veve von Damballah, das zur Hellsicht beim Kontakt zur geistigen Welt verhilft und vorhandene spirituelle Fähigkeiten vertieft.«

Tara musste nicht nachfragen, um den Zusammenhang zu verstehen: Die alte Frau, von der Kat Taras Kette im Tausch gegen den gefundenen Penny bekommen hatte, war die Mutter der Bibliothekarin. Charlene selbst schien sich mit Voodoo auszukennen und praktizierte ihn offenbar, was Tara nicht schlimm oder unheimlich fand. Sie war lediglich überrascht. Etwas anderes hingegen wunderte sie nun.

»Meine eigene Kette? Hast du deine Mutter gebeten, sie für mich anzufertigen?«

Charlene schüttelte den Kopf. »Ich wusste nicht einmal davon, bis ich sie bei dir gesehen habe. Das ist von meiner Mutter ausgegangen. Wir haben uns manchmal über dich unterhalten, und vielleicht hat sie deinen Bedarf in den Gesprächen erkannt.«

Das warf eine neue Überlegung auf: »Erzulie ist einerseits der Schutzgeist der romantischen Liebe, und sie bewahrt andererseits vor Gewalt. Kurz nachdem Kat mir die Kette zum Geburtstag geschenkt hat, habe ich Julien getroffen und dann ist das mit Ben passiert.« Sie zog die Schultern hoch, weil ein Gedanke ihr ein Frösteln bescherte.

Charlene schien zu ahnen, was sie beschäftigte. »Ich kenne deine Zukunft nicht«, sagte sie, »und weiß von deinem Leben eigentlich nur, was du mir erzählst. Ich sehe also keine Details, Dunkelheit und Helligkeit hingegen schon. Seit einiger Zeit bist du von Grau umgeben.«

Tara dachte über das Gehörte nach. Dann seufzte sie. »Ich frage mich, wie lange es noch grau bleibt.«

Charlene zögerte und murmelte dann: »Es wird noch dunkler.« Sie sah Tara an und nahm ihre Hand. »Davor brauchst du keine Angst zu haben! Das Veve ist außerdem nicht dein einziger Schutz. Es gibt einen weiteren.«

Tara wollte nachfragen, doch Charlene stand auf.

»Ich schließ gleich ab«, sagte sie und ging zur Treppe. »Also *husch husch*, nach Haus mit dir, Schätzchen, oder wohin auch immer du fliegen möchtest.«

***

Tara fuhr nicht nach Hause, sondern ins Missi Spirits. Die Bar war gut besucht; Kat und John hatten ununterbrochen zu tun. Wie gewohnt saß Tara an der Theke, hatte heute aber keine Chance auf ein Gespräch mit ihrer Freundin, also vertrieb sie sich die Zeit mit Crowd-Watching und Small Talk. Später wehrte sie die Annäherungsversuche eines Studenten ab, der überzeugt schien, bei ihr zu landen. Dass er auf Ältere stand, war eines seiner Argumente. Tara brachte dieses zweifelhafte Kompliment allerdings nur zum Lachen.

Eine Stunde vor Mitternacht, wo unter der Woche ohnehin geschlossen wurde, machten sich die meisten auf den Heimweg. John, der Kopfschmerzen hatte und sich nach seinem Bett sehnte, überließ Kat die nun überschaubare Bar. Sie kümmerte sich um Gäste, die noch ein paar Drinks bestellen wollten, kassierte andere ab und hatte dann Zeit für Tara und deren Neuigkeiten.

»Spooky!«, lautete ihr Kommentar zur Tatsache, dass die Bibliothekarin der UNO die Tochter der Voodoo-Frau war, die ihr die Kette für den gefundenen Penny gegeben hatte.

»Merkwürdig auch, dass Charlenes Mutter zu dir gefunden hat. Woher wusste sie von dir und dass du an meinem Geburtstag im French Quarter unterwegs warst?«

»Ich sag's ja: Spooky!« Kat betrachtete den Anhänger an Taras Kette. »Tut das Ding eigentlich irgendwas?«

»Ich weiß nicht. Es kribbelt manchmal, aber das bilde ich mir sicher ein. Das Veve soll mich ja beschützen, und, schau an, ich lebe noch.«

Kat ging zur Kasse, um die Rechnungen für eine Gruppe Studentinnen zu ziehen, die an die Theke gekommen waren. Sie hatten an zwei zusammengestellten Tischen gesessen, und waren die letzten Gäste der Bar. Tara nahm sich ein Tablett, um die leeren Gläser einzusammeln. Als sie allein waren brachte Kat einen Eimer heißes Wasser und begann die Tische abzuwischen.

»Was war eigentlich an Mardi Gras?«, fragte Kat. »Welches Kostüm auf der Parade hat dich so beeindruckt, dass du mich versetzen musstest.«

»Hey, ich hab dich nicht versetzt!«

»Klar hast du. Also für wen?«

»Für einen Piraten. Ich bin in seine Arme gestürzt.« Kurz und knapp erzählte sie Kat von ihren Kreislaufproblemen und wie sie versucht hatte, aus der Menge zu kommen.

Kat hielt im Wischen inne und sah auf. »Du bist umgefallen? Warst du komplett weg?«

»Ja, kurze Zeit. Ich bin im Taxi aufgewacht. Auf dem Schoß des Piraten.«

Kats Augen wurden immer größer. »Sag nicht, du bist mit zu ihm gefahren!«

Tara musste grinsen. »Doch.«

»Bist du irre? War das wieder für irgendeinen Nervenkitzel? Echt mal! Einerseits bist du so rational, das man dir die Vernunft aus dem Schädel schütteln will, und andererseits riskierst du ständig …«

»Beruhig dich! Ich kannte ihn.«

»Oh, ach so! Wer war es? Ein Kollege an der UNO?« Kat wischte den Tisch fertig ab und warf den Schwamm in den Eimer.

Tara stellte die ersten Stühle hoch und ließ die Bombe platzen: »Himmel, nein, das sind alles Spießer. Es war Julien.«

Kat geriet völlig aus dem Häuschen, beruhigte sich aber, um mehr zu erfahren. Während Tara erzählte, was geschehen war, brachten sie den Tischbereich in Ordnung und kümmerten sich dann um die Theke, die auch gereinigt werden musste. Weil Kat eine optimistische Realistin war, winkte sie alle Hürden weg, die Tara aufzählte. Mitten in ihrer Zukunftsprognose hielt sie inne und lauschte.

»Ist das ein Telefon?«, fragte sie.

Tara lauschte ebenfalls und erkannte ihren Klingelton, der in den Tiefen ihrer Kramtasche vor sich hin dudelte. Schnell nahm sie das Ding, wühlte sich durch den ganzen Krempel und bekam das Handy zu fassen, als das Klingeln verstummte. Sie sah, dass Julien schon zweimal angerufen und vor einer Stunde auch auf ihre Mittagsnachricht geantwortet hatte.

Sie rief zurück, begrüßte ihn mit. »Hey, du Herumtreiber« und ahnte, dass ihn das schmunzeln ließ.

»Sorry, dass ich mich nicht eher melden konnte«, sagte er. »Ich war den ganzen Tag im Büro der Staatsanwältin und am Abend mit ihr zum Essen.«

Tara zog ihn weiter auf: »Mit Mrs. Birdman? Die Frau scheint ein einnehmendes Wesen zu haben.«

Er schnaubte amüsiert. »Die Frau ist zwanzig Jahre älter als ich und hat den Charme einer Bulldogge.« Nach einer kurzen Pause sagte er: »Ich hätte dich heute so gerne gesehen.«

In Taras Bauch setzte das Kribbeln ein, das sie bereits am Vormittag gespürt hatte. Sie warf einen Blick auf die Uhr. »Dann sieh mich doch einfach. Zwanzig Minuten hast du noch, bis Kat das Missi Spirits schließt.«

»Dort bist du?«

»Noch zwanzig Minuten.«

Das Freizeichen ertönte. Sie nahm das Handy vom Ohr und überlegte, ob die Verbindung unterbrochen worden war oder er aufgelegt hatte.

»Was ist los?«, fragte Kat und warf sich das Handtuch, mit dem sie die Theke gewienert hatte, über die Schulter.

»Er kommt her ... vielleicht.«

Tara stand auf, weil sie plötzlich nervös war, und begann die Hocker an der Bar in eine ordentliche Reihe zu stellen. Kat beobachtete sie.

»Und deshalb räumst du jetzt besonders gut auf, oder wie?«

»Quatsch!« Tara hielt inne, hob eine Hand an die Stirn und sah Kat an. »Ich bin nur ...«

»Verknallt!«, feixte Kat und kümmerte sich um die Gläser.

Tara spazierte auf und ab, ging dann zu ihrem Platz an der Bar und nahm ihr Handy, um zu schauen, ob Julien noch eine Nachricht geschrieben hatte. Das Display war leer und blieb es auch. Die einzige Veränderung gab es bei der Zeitanzeige, die Tara minütig kontrollierte. Um fünf vor zwölf hörte sie, wie die Tür geöffnet wurde.

»Hey, Julien«, begrüßte Kat Julien fröhlich.

Tara wandte sich um, als er antwortete, und wollte ihn ähnlich gelassen begrüßen, doch er verschloss ihren Mund mit einem Kuss. Ihr wurde heiß in seiner Umarmung. Sie schmeckte seinen herben Mund, roch den Duft seiner Haut und spürte den Stoff seines Hemdes unter ihren Händen. Die waren nämlich schon unter sein Jackett gewandert.

Kats Stimme schien von weit her zu kommen. »Ähm, Leute? Könntet ihr mal ...?«

Als Tara und Julien ihren Kuss unterbrachen und zu ihr sahen, beendete sie den Satz: »... mal kurz zuhören.«

»Sorry«, sagte Julien und trat einen Schritt zurück. »Was ist bloß über uns gekommen?«

Kat hob beschwörend die Hände. »Oh, nein, äh, ich wollte euch ja nicht unterbrechen, also nicht direkt.« Sie nahm einen Schlüssel von der Theke. »Tara, den leihe ich dir bis morgen. Ich komme mit John her. Schließt bitte hinter mir zu.« Sie schlüpfte in eine Jacke und eilte zur Tür. »Und wenn ihr abhaut, natürlich auch«, rief sie im Gehen, war schon draußen und klappte die Holzladen der Fenster zu.

Tara und Julien warteten, bis es still war. Bei dem Blick, den sie wechselten, erschien ein verschwörerisches Lächeln auf ihren Lippen. Julien zog sein Jackett aus, legte es über den Nachbarhocker und lockerte seine Krawatte. Dann nahm er den Schlüssel, schlenderte zur Tür und schloss ab. Die Hände in den Hosentaschen, schlenderte er zurück und kam ihr so nahe wie zuvor, küsste sie aber nicht.

»Ganz schön warm hier drin, oder?«, murmelte er und begann, ihre schwarze Bluse aufzuknöpfen.

»Verdammt warm«, antwortete sie.

Er zog ihr die Bluse aus. »Besser so?«

Sie schüttelte den Kopf. »Immer noch zu warm.«

Julien legte ihre Bluse über sein Jackett, kniete sich hin, zog ihr erst einen Pumps von den Füßen, dann den anderen. Nachdem er das Paar ordentlich nebeneinander gestellt hatte, stand er

78

wieder auf und öffnete ihre Hose. Tara stützte die Hände auf und hob den Po, damit er sie auch aus diesem Kleidungsstück schälen konnte. Sie fröstelte, als sie in nicht mehr als ihrer Unterwäsche vor ihm saß. Er schob ihre Beine auseinander, um dazwischen stehen zu können, und brachte seinen Mund erneut vor ihren.

»Täusche ich mich …« Er strich mit seinen Lippen über ihre. »Oder wird es nur wärmer?«

»Mir ist heiß«, gab Tara zurück und wollte ihn küssen, doch er wich ein bisschen zurück.

Seine Hände, die sich kurz auf ihren Schenkeln ausgeruht hatten, wanderten aufwärts, strichen fest über ihre Haut und landeten auf ihrem Rücken. Er hakte ihren BH auf, zog ihn aus und senkte seinen Blick, um zu beobachten, wie sich ihre Brustwarzen zusammenzogen. Warm umschlossen seine Hände ihre Brüste und kneteten sie sanft. Mit den Daumen strich er über ihre Nippel, damit sie noch härter wurden, dann sah er Tara an. Ein Grinsen schlich auf seinen Mund, als er seine Krawatte abzog. Während er Tara küsste – endlich wieder – brachte er ihre Hände hinter ihren Rücken und band sie mit der Krawatte zusammen. Sie seufzte, als er den Kuss ein weiteres Mal unterbrach, und hielt den Atem an, weil er seine Hand zwischen ihre Beine legte.

»Wie kommt es, dass dein Slip so feucht ist?«, raunte er und erhöhte den Druck seiner Finger.

Tara biss sich auf die Lippe, als er auch das Höschen auszog, wofür er abermals auf die Knie gehen musste. Diesmal blieb er unten. Er zog ihr Becken näher zu sich, sodass sie nur noch halb auf dem Hocker saß, öffnete ihre Beine wieder und küsste sich an den Innenseiten aufwärts. Abwechselnd. Langsam. Als er oben ankam, konnte Tara kaum noch stillhalten. Sie wollte seinen Kopf nehmen und seine Lippen auf ihre Spalte drücken, doch weil ihre Hände gefesselt waren, musste sie warten, bis er ihr diese Gunst erwies. Noch ein paar Sekunden ließ er sie zappeln, sah zu ihr hoch und genoss ihre Ungeduld, dann gab er nach – ihrem und wohl auch seinem Verlangen.

Mit einem Keuchen legte Tara den Kopf zurück und kniff die Augen zu. Seine ersten Berührungen empfand sie als so intensiv, dass sie sich unweigerlich anspannte, dass ihr Atem stockte und sie die zusammengebundenen Hände zu Fäusten ballte, weil sie ihre Finger nirgends hineinkrallen konnte. Sie liebte, was seine Zunge und Lippen taten, und murrte ein »Ja«, als er ihre Spalte mit den Fingerspitzen aufzog und ihren Kitzler aus seinem Versteck lockte, um ihn besser verwöhnen zu können. In ihrem Unterleib setzte ein warmes Summen ein. Es verteilte sich in jeder Faser ihres Körpers und ließ sie zittern.

Tara schrie, als sie kam. Sie schnappte nach Luft und stöhnte seinen Namen, damit er nicht sofort aufhörte, sondern seinen Mund ließ, wo er war, bis es in ihr stiller wurde. Erst als sie die Augen öffnete, erinnerte sie sich, dass sie im Missi

Spirits waren. Schwerfällig hob sie den Kopf und schärfte den Blick, weil sie Juliens Augen vor sich hatte.

»Ich liebe es, dein Becken zum Zucken zu bringen«, murmelte er.

Als er sie küsste, schmeckte Tara sich selbst auf seinen Lippen. Sie schmiegte sich an ihn, wollte ihn in sich spüren und schauderte beim Surren des Reisverschlusses seiner Hose. Wenig später drückte seine Eichel, prall und heiß, gegen ihren noch empfindlichen Kitzler. Nur ganz wenig bewegte sie ihr Becken und hob die Beine um ihn.

»Noch nicht genug?«, fragte er mit heiserer Stimme.

Tara schüttelte den Kopf. »Nie«, flüsterte sie.

KAPITEL 6

Tara fühlte sich wie unter Strom gesetzt. Es kribbelte unter ihrer Kopfhaut und in ihren Ohrläppchen, prickelte in ihrem Brustkorb und im Bauch,
kitzelte in ihren Finger- und Zehenspitzen – so
unnachgiebig, dass sie entweder unruhig war oder
träumte. Sie hatte das Gefühl, als sei ihr Herz ge-
schwollen, gefüllt mit Euphorie und Leben. All
ihre Sinne schienen entstaubt und gereinigt, und
sie war so voller Energie, dass sie kaum eine Minute still halten konnte.

Was auch immer sonst schief lief, passierte
einfach nicht oder war nicht so schlimm. Den
Toast, der vom defekten Toaster manchmal in
hohem Bogen durch die Küche geploppt wurde,
fing sie auf. Beim nervigen Guten-Morgen-Song
im Radio sang sie mit, statt die Lautstärke abzu-
drehen. Überhaupt sang sie ziemlich viel: Unter
der Dusche, in den Fön, in den Kleiderschrank
und auf dem Weg zur Arbeit, während die Wi-

scher den gegen die Frontscheibe prasselnden Regen bekämpften. In der Uni verkniff sie sich das Trällern, pfiff oder summte lediglich vor sich hin. Selbst das fanden ein paar grundsätzlich griesgrämige Kollegen merkwürdig und quittierten es mit bissigen Kommentaren, über die Tara sich sonst geärgert hätte. Jetzt lachte sie bloß. Das tat sie auch in den Vorlesungen. Die vergingen wie im Flug, weil sich selbst triste Themen aus einer plötzlich interessanten Perspektive betrachten ließen und so mancher von Taras Kommentaren für Schmunzler sorgte.

Nach der letzten Vorlesung ging sie nicht in die Bibliothek, denn es war Freitag und sie wollte Julien sehen. Sie würde ein paar Sachen zusammenpacken und sich in sein Loft schmuggeln – ein wunderbarer Gedanke.

Gar nicht schnell genug konnte sie nach Hause kommen und achtete deshalb nicht allzu sehr auf die nach oben schnellende Tachonadel im Cockpit, sondern sang wieder einmal. Ein lokaler Radiosender spielte Coldplays *Violet Hill*, und gerade trällerte sie die Chorusline voller Inbrunst und klopfte im Takt auf das Lenkrad, da flackerte es im Rückspiegel. Schnell stellte sie die Musik leise, hielt zur Abwechslung einmal schimpfend am Straßenrand und warf einen genaueren Blick nach hinten. Es war kein Streifenwagen, der sie angehalten hatte, sondern ein bulliger Pick-up, dem das Blaulicht aufs Dach gesetzt worden war. Ethan stieg aus.

Mit einem Seufzen ließ Tara das Fenster herunter und wartete, dass er herankam.

»Führerschein, Fahrzeugschein«, tönte es wenig später neben ihr.

Tara gab Ethan, was er wollte. »Als würdest du beides nicht kennen …«

Er nahm ihre Papiere entgegen und überprüfte sie tatsächlich. »Tja, Miss LaLaurie. Da waren wir wohl ein bisschen flott unterwegs. Wieso die Eile? Wohin wollen wir denn?«

»Ich will nach Hause. Und du? Was hast du angestellt, dass du Streife fährst?«

Ethan beugte sich herab, gab ihr die Papiere zurück und stützte die Hände ins Fahrerfester. »Ich muss nicht Streife fahren, sondern lediglich dienstlich unterwegs sein, um einen Raser anhalten zu können.«

»Ach, ist das so?«

»Ist so.«

»Na dann … Kann ich weiter oder bekomme ich ein Ticket?«

»Das Ticket erlass ich dir.« Ethan grinste. »Aber nur wenn wir uns heute Abend sehen.«

Das Lala-Land, durch das Tara eben noch flaniert war, rückte in weite Ferne. Sie blitzte Ethan an und streckte ihre Hand aus, die Handfläche nach oben. »Okay, das Ticket bitte!«

Ethans Miene verdüsterte sich. »Warum nicht?«, knurrte er.

»Weil ich nicht möchte. Was auch immer das zwischen uns war, es ist Geschichte.«

»Du bist heute Abend schon verabredet, hab ich recht?«

»Und wenn es so wäre, ginge es dich nichts an.« Tara sah an Ethan vorbei auf die vorbeifahrenden Wagen. »Findest du es nicht seltsam, das während der Rushhour auf der Elysian Fields zu klären?«

»Ich kläre, was auch immer ich will, wo und wann mir danach ist.«

»Aber nicht mit mir.« Tara drehte den Schlüssel in der Zündung. »Und jetzt hätte ich gern das verdammte Ticket, damit ich weiterkann«, sagte sie in das Brummen des gestarteten Motors.

»Schick ich dir mit der Post«, antwortete Ethan.

Nach einem letzten wütenden Blick ging er zu seinem Wagen. Tara wartete, bis er vorbeigedüst war, dann fuhr sie weiter und zu einem Supermarkt, wo sie für das Wochenende bei Julien einkaufte.

**

Eine Stunde später parkte sie in ihrer Auffahrt. Sie ließ die Einkäufe im Wagen, wollte schnell ins Haus, um zu duschen, sich umzuziehen und ein paar Sachen einzupacken, da rollte die Limousine ihrer Eltern an den Straßenrand. Tara entdeckte ihren Vater hinter dem Lenkrad. Savannah war nicht bei ihm. Leise Panik erwachte in ihrer Brust, denn in all den Jahren hatte Alexander LaLaurie sie nicht einmal besucht. Was auch immer ihn heute dazu veranlasste, konnte nichts Gutes sein. Sein düsterer Blick und der zusammengekniffene Mund kündigten eine äußerst schlechte Stimmung an. Mit langen, steifen Schritten kam er zur Veranda, ein blonder Hüne, dem Tara nicht im Geringsten ähnelte. Ben hingegen glich ihm wie ein Ei dem anderen.

Alexander ignorierte Taras versucht lockere Begrüßung und wartete, dass sie öffnete. Sie ging voran ins Haus, bat ihn herein, schloss die Tür und zuckte zusammen, weil er losbrüllte.

»Ich kann nicht glauben, dass sich meine Tochter zur Hure dieses Bastards macht.«

Tara brauchte einen kurzen Moment, um sich zu sammeln, dann zog sie die Tür wieder auf und wies nach draußen: »Willst du es nicht direkt über die Straße schreien, falls es jemand überhört hat? Vielleicht können wir auch ein Megafon auftreiben.«

Alexander schlug die Tür zu. »In deinem verdammten Leben hast du mir ja eine Menge Ärger gemacht«, knurrte er, »mich oft enttäuscht und blamiert, aber mit deinem aktuellen Verhalten ziehst du deine ganze Familie durch den Dreck.«

Tara überlegte, ins Wohnzimmer zu gehen, doch eine innere Stimme verbot ihr, diesen Mann tiefer in ihr Haus zu lassen. Also blieb sie im Flur, lehnte sich an die Wand und verschränkte die Arme vor der Brust.

»Lässt du mich beobachten?«, fragte sie. »Der arme Mann muss ja die meiste Zeit im Regen ausharren. Wer ist es denn? Ich bringe ihm gerne mal einen Kaffee raus.«

Sarkasmus war etwas, das Alexander eigentlich mochte. Für den seiner Tochter hatte er allerdings keinen Sinn und fuhr im knurrigen Ton fort: »Nicht im Traum wäre mir eingefallen, einen Spitzel auf dich anzusetzen. Ich musste es von einem Freund erfahren.«

Nur ein einziger Freund ihres Vaters kam in Frage. Gerade eben hatte sie ihn zurückgewiesen, und ihr graute beim Gedanken, dass er sie in den vergangenen Tagen beschattet hatte.

»Der gute alte Ethan.«

»An Mardi Gras hat er dich und den Bastard gesehen und war seither etwas aufmerksamer; zu deinem Schutz im Übrigen, aus Sorge um dich.« Alexander verzog das Gesicht, als würde er sich ekeln. »Es täte dir gut, nachts zu schlafen, statt dich in dieser dreckigen Bar …«

»Wie ich meine Nächte verbringe geht dich so wenig an wie Ethan«, unterbrach Tara ihren Vater, vor allem weil sie nicht wollte, dass er den Satz beendete. »Davon abgesehen, bitte ich dich, Julien bei seinem Namen zu nennen.«

»Den Teufel werde ich tun!«, brüllte Alexander nun wieder mit prompt hochrotem Kopf.

Während er weitere beleidigende Bezeichnungen fand, beobachtete Tara Shadow, der in den Flur getappt kam, sich gerade hinsetzte und Alexander anstarrte. Egal, wie laut er wurde, der Kater zuckte nicht einmal mit den Ohren und hielt

87

den Blick unbeirrt auf dem Besucher. Andere Katzen hätten erschrocken das Weite gesucht und sich versteckt.

»Wärst du nur bei der Geburt verreckt«, hörte Tara plötzlich von Alexander und sah ihn wieder an. Ein Pfropf setzte sich in ihrer Kehle fest und Tränen stiegen ihr in die Augen. Weil sie nicht zeigen wollte, dass seine Worte weh taten, presste sie die Arme fester vor die Brust und ballte die Hände zu Fäusten. Sie hatte geglaubt, dass er sie nicht mehr verletzen konnte, schließlich hatte sie in ihren dreiunddreißig Jahren so einiges Scheußliches von ihm gehört. Diesen Satz hatte er bisher allerdings nur gedacht, nie ausgesprochen.

»Ein Kind, das seine Mutter tötet, indem es auf die Welt kommt, wird sein Leben lang nur Unheil bringen«, ächzte er. »Ich hätte dich weggeben sollen, in ein Heim oder an eine, die nicht fruchtbar ist, aber Savannah hat mich überredet, dich zu behalten. Das hat sie davon. Nun heult sie Rotz und Wasser über deine Bösartigkeit. Du zerstörst meine Familie …«

Tara sammelte allen Mut und fiel ihm ins Wort: »Das hast du getan … eine Familie zerstört.«

»Welche denn? Die des Bastards?«

»Julien Cavanaughs Familie. Du hast seinen Vater zum Tode verurteilt, obwohl seine Schuld für dich in Frage stand. Mehr noch: du hast dein Amt missbraucht, um die Öffentlichkeit von seiner Schuld zu überzeugen und weil du für deinen eigenen Glanz, zur Pflege deines Rufes, einen Sündenbock brauchtest.«

»Das ist Jahre her. Der Fall war so unbedeutend, dass ich mich an die Details nicht einmal erinnere.« Die Hände hinter dem Rücken verschränkt, kam er Schritt für Schritt näher. »Davon abgesehen besteht das momentane Problem darin, dass du die Zukunft deines Bruders manipulierst. Er sitzt im Parish Prison, dem schlimmsten Loch des Landes, und wartet auf seine Verhandlung, während du dich mit diesem Mann herumtreibst. Was meinst du, welchen Einfluss du damit auf die Geschworenen nimmst?«

Taras Herz schlug schneller, angetrieben von der Angst, die in ihr wütete. Auf ihrer Brust setzte ein Brennen ein, so heiß, dass ihr die Luft wegblieb. Als ihr klar wurde, dass es das Amulett mit dem Veve war, schloss sie die Hand darum. Plötzlich wurde es ruhig in ihr. Ihr Herz fiel zurück in seinen gemäßigten Takt und auch der Schmerz, den sie eben noch empfunden hatte, schwand dahin.

»Ben hat Janet ermordet«, sagte sie mit fester Stimme. »Ich bin sicher, die Geschworenen werden, völlig unvoreingenommen, zu eben diesem Schluss kommen.«

»Wie kannst du es wagen?« Alexander packte sie bei den Schultern, vielleicht um sie zu schütteln, vielleicht für das Gefühl, sie in der Hand zu haben. Als ein Fauchen ertönte, ließ er sie gehen und fuhr herum.

Shadow war aufgestanden und machte einen Katzenbuckel. Sein Schwanz war buschig, die gelben Augen hatte er aufgerissen. Noch einmal fauchte er.

»Dieses Vieh ist ein Dämon«, knurrte Alexander. »Ich hätte ihm die Kehle umdrehen sollen, als du ihn angeschleppt hast.« Vom Kater sah er zu seiner Tochter, musterte ihre Haare und die Kleidung. »Gleich und gleich gesellt sich gern, sagt man ja, gleich schwarz, gleich niederträchtig.«

Tara konnte nur den Kopf schütteln. Sie wollte ihm sagen, was sie von seinen Worten hielt, doch er war schneller. Immerhin beschränkte er sich aufs Reden und rührte sie nicht mehr an.

»Du wirst diesen Bastard nicht mehr treffen.«

»Du glaubst nicht ernsthaft, dass ich kusche und tue, was du verlangst? Warum sollte ich? Für meine Familie, die mir mit so viel Liebe begegnet?« Sie schnaubte. »Ich hab früher schon gemacht, was ich für richtig hielt, jetzt werde ich es erst recht tun.«

Alexander ging zur Tür, schloss die Hand um den Knauf. »Wenn du meinst! Dann sorge ich dafür, dass der Bastard nicht nur diesen Fall verliert, sondern auch jeden weiteren.«

»Wie auch immer du das anstellen willst«, entgegnete Tara, die nun sogar ein Gefühl von Überlegenheit in sich wachsen spürte. »Vergiss dabei nicht, was man von deiner und Juliens Verbindung halten wird. Nicht dass du dir selbst am Ende mehr schadest, als ihm.«

Alexander schickte ihr einen letzten wütenden Blick. Er kniff den Mund zusammen, wohl weil ihm die Worte fehlten und er nur mehr Beleidigungen hätte ausspucken können. Dann zog er die Tür auf und ging.

Tara atmete durch. Sie legte den Kopf zurück und starrte zur Decke, bis sie Shadows Schnurren vernahm. Aufrecht und stolz saß er vor ihr und blinzelte milde, wie zur Beschwichtigung, als sie seinen Blick erwiderte.

»Na, du Gauner …«, murmelte sie nachdenklich.

Er antwortete mit einem Miau und stand auf, um ihre Beine zu umschmusen.

***

Auf der Fahrt von West Riverside zum Warehouse District sah Tara immer wieder in den Rückspiegel, denn ihr Nacken kribbelte wegen ihrer Ahnung, von Ethan beobachtet zu werden. Seinen Pick-up entdeckte sie aber nirgends, auch nicht auf der Extrarunde, die sie um den Block des Appartementhauses drehte, bevor sie in die Tiefgarage fuhr, in der Julien für das Wochenende einen Parkplatz reserviert hatte.

Sie stellte den Wagen ab, hängte sich die Reisetasche über die Schulter und nahm die Tüte mit den Einkäufen. Der Aufzug war ihr plötzlich unheimlich, sein schepperndes Gatter ließ sie blinzeln. Tara drückte den Kopf für das fünfte Stockwerk, und als sich das klapprige Ding in

Bewegung setzte, scannte sie die Parkfläche durch das Gatter. Da war niemand.

Julien wartete oben. Er öffnete das Gatter, nahm ihr Tüte und Tasche ab. Nach einem Kuss ging er neben ihr zu seinem Appartement.

»Geht's dir gut?« Er schloss die Tür mit dem Fuß.

»Jetzt ja«, antwortete Tara. »Aber es gibt ein Problem, und wir müssen reden.«

Juliens setzte die Tasche ab und trug die Tüte in den Küchenbereich. Tara folgte ihm. Mit einem lautlosen Seufzen hockte er sich auf den Tresen und streckte eine Hand nach ihr aus, damit sie zu ihm kam und er sie umarmen konnte.

»Das ging schneller als befürchtet«, murmelte er in ihre Haare. »Wird es uns das Wochenende verhageln?«

»Vielleicht ein bisschen«, antwortete sie und schlang die Arme um ihn.

Für einen Moment gab ihr seine Nähe das Gefühl, es sei gar nichts passiert oder nicht hier, sondern in einer anderen, belanglosen Realität. Zu gern wollte sie dieses Gefühl halten, doch die Wirklichkeit drängte sich in den Vordergrund.

Tara hob den Kopf und sah Julien an. »Mein Vater war eben bei mir. Er weiß von uns, und er hat gedroht, deine Karriere zu ruinieren.«

Julien stieß einen abfälligen Laut zwischen den Lippen durch. »Wie will er das anstellen?«

»Er hat noch eine Menge Einfluss, auch als ehemaliger Richter. Er könnte sich Leute kaufen, die dir sonst was anhängen, irgendeinen Mist. Bestechung, Vergewaltigung, er ist da sicher einfallsreich.«

Julien bedachte das kurz, doch seine Miene blieb skeptisch. »Damit käme er nicht durch«, beschloss er. »Stell dir vor, die Lüge fliegt auf und irgendein Reporter kramt dazu den Tod meines Vaters aus den Akten. Alexander LaLaurie würde nicht nur seinen Ruf riskieren, sondern auch die Chance seines Sohnes auf einen Freispruch. Wenn er sich so darum bemüht, mich auszuschalten, spricht das nicht gerade für Bens Unschuld.«

Tara hockte sich neben Julien auf den Tresen. Sie stützte den Kopf in die Hände. »Darauf habe ich ihn schon hingewiesen«, brummelte sie.

»Weißt du, ich glaube, er ist hilflos. Deshalb kommt er zu dir, statt sich gleich an mich zu wenden.«

»Er kam, um seine Wut rauszubrüllen …«

»Klar, getroffene Hunde bellen. Er weiß nicht, was er sonst tun soll. Vielleicht zum ersten Mal in seinem Leben. Er kann gar nichts machen, weil er keine Ahnung hat, welchen Einfluss das auf den Prozess nimmt.« Er lehnte sich ein bisschen zurück, stützte sich auf seine Arme und sah Tara an. »Wie hat er überhaupt von uns erfahren?«

»Von Ethan. Der hat uns gestern, als wir aus dem Missi Spirits gekommen sind, offenbar beobachtet und sich seinen Teil gedacht. Bei der Mardi Gras Parade muss er auch in der Nähe gewesen sein.«

»Das war er. Er hat gesehen, wie ich dich aufgefangen und zum Cab gebracht habe.«

»Woher weißt du das? Ist er dir dort aufgefallen?«

»Nein.« Julien stand auf und stellte sich zwischen Taras Beine. Er legte die Hände auf ihre Hüften und zog sie näher zu sich. »Vorgestern war er in meinem Büro, um mir wegen dir auf den Zahn zu fühlen. Ich hab versucht, ihn von seinem Verdacht abzubringen … mit wenig Erfolg, wie man sieht.«

»Wieso hast du mir das nicht eher erzählt? Ich sollte so etwas wissen.«

Schon wieder spürte Tara Ärger in sich, zum dritten Mal an diesem Tag, und wie die Male zuvor, war ein Mann verantwortlich. Das ach so behagliche Lala-Land war inzwischen unerreichbar.

»Warum sollte ich dir das verheimlichen? Ich wollte es dir bloß nicht in einer Nachricht schreiben und gestern …« Julien hob die Schultern und ließ sie wieder fallen. »Gestern hätte es überhaupt nicht gepasst, finde ich. Es erschien mir auch nicht wahnsinnig dringend.«

Tara stand ebenfalls auf und schob sich an ihm vorbei. »War es aber!«

»Hätte es irgendwas geändert?« Ein verärgertes Funkeln huschte durch Juliens Blick. »Hätten wir uns dann gestern nicht im Missi Spirits getroffen? Wären wir davon ausgegangen, dass er dort rumhängt?«

Tara wollte nicht antworten. Sie war zu sauer. Nicht mehr auf Julien allerdings, denn sie erkannte, dass er genauso irritiert war. Das Bewusstsein unter Beobachtung zu stehen, setzte ihm zu.

»Dieses Versteckspiel«, sagte sie stattdessen. »Ich hasse das schon jetzt. Wir können nicht in einem Restaurant essen, nicht ins Kino, auf keinen Spaziergang und nicht mal mehr im Park am Mississippi liegen …«

»Legst du so großen Wert darauf, draußen zu sein?«, unterbrach er sie. »Ich nämlich nicht. Ich möchte bloß Zeit mit dir verbringen. Wo, ist mir eigentlich egal.«

Natürlich war ihr all das nicht wichtig, gehörte es auch irgendwie dazu. Allerdings brauchte sie Aspekte, mit denen sich die Schwierigkeit ihrer Situation verdeutlichen ließen, also schimpfte sie sich den Frust von der Seele:

»Wenn ich zu dir komme, werde ich wahrscheinlich verfolgt, vielleicht sogar auf dem Weg zur Arbeit und zurück, an der verflixten Tankstelle, im verdammten Supermarkt, überall. Eine unvorsichtige Bewegung von uns und es gibt vielleicht das erste Foto in der Zeitung, dann …«

»Was dann? Schmeißen wir alles hin? Wie schon einmal? Weil es zu unbequem ist, zu ungewiss? Suchen wir dann wieder Argumente, warum wir keine Zukunft haben?«

»Ach, hab ich was verpasst?« Tara stemmte die Hände in die Seiten. »Wann haben wir entschieden, dass wir eine Zukunft haben?«

Sie klappte den Mund zu, kaum dass die Worte heraus waren und starrte ihn an. Julien wich ihrem Blick nicht aus. Natürlich nicht, er hatte genügend praktische Erfahrung in Augenkontakten, konnte das wohl stundenlang durchziehen. Jetzt gewann das Grau seiner Augen an Wärme. Sein Mund verlor die Strenge und entspannte sich.

»Lass uns abhauen übers Wochenende!« schlug er vor.

Taras Groll verpuffte. »Wohin?«, fragte sie, obwohl es ihr völlig egal war. Sie wollte bloß raus aus New Orleans und mit Julien allein sein. Wirklich allein und für ein paar Stunden ohne Sorgen.

»In den Bayou. Ich habe dort ein Cottage.«

Am liebsten wäre sie ihm um den Hals gefallen. »Sofort«, entgegnete sie und wollte ihre Tasche nehmen, doch Julien schüttelte den Kopf.

»Heute nicht«, murmelte er. »Ich bin zu müde und wer weiß, vielleicht klebt uns dieser Ethan dann wieder am Hintern. Wir fahren morgen, ganz früh, wenn die Stadt schläft.«

KAPITEL 7

Auf dem Weg aus der Stadt hielten Tara und Julien bei Kats Haus. Tara warf ihren Haustürschlüssel in den Briefkasten, damit Kat den Kater übers Wochenende füttern konnte, wie sie es am Vorabend am Telefon abgesprochen hatten. Dann lenkte Julien seinen Wagen auf den Highway, der geradewegs in den Bayou führte.

Der Regen hatte über Nacht aufgehört, und im Wetterbericht wurden Sonne und für Februar übliche Temperaturen von zwanzig Grad angekündigt. Es war noch dunkel, doch der Horizont färbte sich bereits rötlich. Tara hätte müde sein sollen, denn sie und Julien waren die halbe Nacht wach gewesen und hatten geredet. Ihre Müdigkeit war jedoch verschwunden, als sie aufgewacht und sich an den Plan erinnert hatte. Seither war sie aufgekratzt und fühlte sich, als würden sie in einen zweiwöchigen Urlaub starten.

»Als ich das erste Mal hier lang gefahren bin, habe ich mit keinem Gedanken an dich gedacht«, erinnerte sie sich. »Obwohl du mich ein paar Stunden vorher bei der Anmeldung zum Spiel ziemlich irritiert hast.«

Julien warf ihr einen Blick zu und konzentrierte sich wieder auf die Fahrbahn. »Ging mir anders. Ich war total gespannt, ob du da bist. Und auf der zweiten Fahrt, als ich es sicher wusste, war ich so aufgeregt wie ein kleiner Junge vorm ersten Mal Achterbahn.«

»Eine Achterbahnfahrt.« Tara dachte an das Gefühlschaos, das vor dem zweiten Spiel im Bayou in ihr getobt hatte. »Das trifft es ziemlich gut.«

Unweigerlich dachte sie an den Moment, als Julien sie an den Baum gebunden hatte, um es ihr mit der Hand zu machen, und vor ihrem Auge sah sie sich selbst und ihn, nackt und ineinander verschlungen, schwitzend und küssend. Sie biss sich auf die Unterlippe, weil das Ziehen zwischen ihren Beinen wach wurde.

Julien lachte leise. »Ein Königreich für deine Gedanken.«

»Kannst du die nicht erraten?«

»Hm. Ich sollte vielleicht anhalten und ganz intensiv nachdenken.«

Sex im Auto? War die Lust auch groß, sie konnte doch ein paar Minuten warten, sich heiß laufen und unerträglich werden. Außerdem wollte Tara nicht über Konsolen klettern oder Knöpfe drücken, damit ein Sitz in endloser Langsamkeit in die Liegeposition fuhr.

»Auf keinen Fall«, sagte sie also. »Du solltest Gas geben, damit wir schneller da sind. Vielleicht hast du in der Zwischenzeit eine Idee.«

»Die hab ich jetzt auch schon.« Seine Stimme klang rauchig. »Mit diesen Sicherheitsgurten lässt sich bestimmt einiges anstellen.«

Die Vorstellung, abermals von Julien gefesselt zu werden, schürte die Hitze in Tara. Trotz allem wollte sie das nicht in der Enge des Autos.

»Gibt es Seile in deinem Cottage?«, fragte sie und sah, wie er eine Augenbraue hochzog.

»Klar doch«, antwortete er, ohne den Blick von der Straße zu nehmen.

»Gut. Wann sind wir da?«

»Fünf Minuten.«

»Mach drei draus!«

Julien trat das Gaspedal durch und scheuchte den Wagen durch die Morgendämmerung über den leeren Highway. Sie passierten unter Wasser stehende Flächen, aus denen Gras wuchs, schreckten Schwärme von Wasservögeln auf, düsten über Brücken und vorbei an den ersten Stelzenhäusern des Lake Saint Catherine. Erst als sie über eine Landenge fuhren, bremste er den Wagen wieder ab. Die sogenannte New Orleans East Landbridge war nur ein Splitter Land, der Wasser teilte. Zu jeder Seite des Highways erstreckte sich ein See, an dessen Ufer mehr Stelzenhäuser standen. Als Julien in die Auffahrt eines solchen Hauses bog und auf dem Parkplatz hielt, war Tara für kurze Zeit mehr entzückt als sexgierig, doch ein Blick von ihm genügte und sie vergaß das.

Alle Taschen und Lebensmittel ließen sie im Auto. Sie sprinteten die Holztreppe hinauf zum Vordereingang. Julien schloss auf, öffnete, trat hinter Tara ein, schlug die Tür zu und presste sie gegen die nächste Wand. Ein paar Sekunden lang sahen sie einander in die Augen, dann drehte er sie um, sodass sie mit dem Bauch zur Wand stand, und zog sie aus. Er verlor keine Zeit dabei und auch kein Wort, warf ihre Sachen achtlos auf den Boden, und sobald sie nackt war öffnete er die Spange in ihren dunklen Haaren. Weich fielen die Strähnen über ihren Rücken und kitzelten ihre Haut, bis er sie mit einer Hand zum Zopf fasste und Tara an seinen Körper zog.

Nicht grob, aber bestimmt dirigierte er sie durch den Eingangsbereich zu einer Tür. Dahinter befand sich ein winziges Schlafzimmer, in das gerademal ein Bett passte. Decken und Kissen stapelten sich ohne Bezüge in einer Ecke. Julien schubste Tara auf die Matratze und nutzte ihren Schal, den er mitgenommen hatte, um ihre Händen an das metallene Bettgestell zu binden. Dabei hockte er über ihr, stützte sich bald zu ihren Seiten auf und kam ihr so nahe, dass sie mit einem Kuss rechnete, doch er schenkte ihr nur ein kühles, schiefes Lächeln.

»Schön brav sein«, sagte er und stand auf. »Ich bin gleich wieder da.«

Tara murrte ungeduldig. »Wohin gehst du?«

»Seile holen und etwas aus dem Auto.«

Er verschwand aus dem Zimmer. Sie lauschte seinen Schritten. Zuerst polterte er die Außentreppe hinunter. Sie hörte, wie er die Autotür zuschlug und wieder heraufkam. Als nächstes suchte er im Haus, kramte offenbar in Schränken und warf Dinge auf den Boden. In der Hoffnung, ihn überraschen zu können und ihn entfesselt zu begrüßen, zog Tara an dem Tuch, das ihre Hände wehrlos machte, hatte aber keine Chance, sich zu befreien, und dann war Julien schon bei ihr.

»Brav sein hatte ich gesagt«, tadelte er sie, denn ihr Versuch, die Hände aus dem Tuch zu bekommen, war ihm nicht entgangen.

»War ich doch!«, antwortete sie und spürte, wie sich ihre Nippel unter seinem Blick aufrichteten.

Er schnalzte mit der Zunge. »Jetzt schwindelst du auch noch.«

Als er sich über sie beugte und ihre linke Hand aus der Fixierung löste, roch sie ihn so intensiv, dass ihr heiß wurde. Die in ihrem Unterleib prickelnde Lust wanderte zwischen ihre Schenkel, und sie wollte sie zusammenpressen, da schob er das linke Bein zurück und wickelte ein mitgebrachtes Seil um die Wade. Doch nicht nur darum, sondern auch um den Arm, den er gerade losgemacht hatte. Mit wenigen schnellen Griffen band er Arm und Bein zusammen und schlang das Seilende um einen Metallstreben des Bettkopfteils. Indem er daran zerrte, spannte er den Strang und zog ihren Arm nach oben, was wiederum bewirkte, dass ihr Bein vom Körper abgespreizt wurde.

Natürlich wiederholte Julien die Prozedur mit einem zweiten Seil sowie Taras rechtem Arm und Bein, bis sie perfekt wehrlos und offen vor ihm lag. Er konnte praktisch zuschauen, wie sie immer feuchter wurde, beließ es aber nicht beim Schauen, sondern schob zwei Finger in sie und rieb mit dem Daumen über ihre Klit.

Auf die Stöße seiner Hand antwortete Tara mit Stöhnen und Flüstern, dass er nicht aufhören sollte. Genau das tat er aber. Er zog seine Finger aus ihr und gab ihr einen Klaps auf den Po. Auf ihr erschrockenes Keuchen lachte er bloß und gab ihr einen zweiten Klaps auf die andere Pobacke.

»Die waren für den Ungehorsam und das Schwindeln«, sagte er, und sie wollte sich abermals verteidigen, da vernahm sie ein Summen.

Tara hob den Kopf und zuckte zusammen, als Julien den Kugelkopf des Vibrators in ihre Spalte hielt. Sie schrie und spannte sich an, als das Teil über ihren Kitzler rieb und ihn ganz anders stimulierte, als es ein Finger oder eine Zunge tat.

»Oh mein Gott!«, keuchte sie, kniff die Augen zu und stieß den Atem aus der Lunge, um neue Luft schnappen zu können.

Steinhart wurden ihre Muskeln und ihr Stöhnen lauter, als sich die Schwingungen des Vibrators in ihrem Unterleib ausbreiteten. Ihr Becken zitterte unter dem Orgasmus, der schneller kam als andere, aber auch schneller vorüber war.

»Das war so wahnsinnig gut«, murmelte sie noch atemlos und legte den Kopf zur Seite.

»Das sah auch wahnsinnig gut aus«, hörte sie von Julien.

Er streichelte ihren verschwitzten Körper, liebkoste ihre Kurven und umschloss ihre Brüste. Indem er an ihren Nippeln zupfte, holte er ihr Bewusstsein ein bisschen schneller zurück. Tara sah auf, als er seine Hände von ihr nahm und beobachtete, wie er sich auszog. Der Anblick seines athletischen Oberkörpers weckte den Wunsch, ihn zu berühren, doch Julien machte keine Anstalten, die Fesseln zu lösen.

»Ich will dich anfassen«, sagte sie also.

Er zog sich die Hose zusammen mit der Boxershorts über die Hüften, rieb seinen Schaft in ihrer Spalte.

»Jetzt nicht«, antwortete er. Kühl und knapp.

Er hob den Blick, um ihr in die Augen zu schauen, nur kurz allerdings, denn der Anblick seiner durch ihre nasse Pussy gleitenden Männlichkeit war wohl faszinierend. Tara wurde ungeduldig. Sie wollte mehr von ihm spüren und schob ihm das Becken hin, so gut das in Fesseln ging. Dabei öffnete sie sich noch weiter, und Julien schien das zu gefallen, denn er murrte genussvoll und schickte seine Eichel auf eine weitere Runde.

»Mach mich los!«, forderte Tara, ohne es zu meinen, denn sie war längst bereit für ein zweites Mal und genoss die Fesseln mehr und mehr. Da ihre Hände Julien nicht reizen konnten, sollten es ihre Worte tun.

»Nein«, entgegnete er wiederum.

»Wieso nicht?«

»Weil mir das Bild, das du bietest, gefällt.«

Tara wollte noch etwas erwidern, doch sie vergaß es, als Julien ihre Schamlippen aufzog. Ein weiterer Laut der Lust floh aus seinem Mund, und Tara stöhnte ebenfalls, weil seine Eichel heiß und hart über ihren Kitzler strich. Sein Stoß kam so unerwartet, dass sie schrie und die wehrlosen Hände zu Fäusten ballte. Er drang ein zweites Mal bis zum Anschlag in sie ein und vögelte sie dann mit festen, kontinuierlichen Stößen.

In ihre Schreie drang das Summen des Vibrators, und wenige Sekunden später richtete Julien sich auf und hielt das Ding auf ihre Klit – ohne seine Bewegungen zu unterbrechen. Tara keuchte und spannte sich, wie unter Strom gesetzt, abermals an, bog den Rücken durch und zog den Kopf in den Nacken.

»Julien …«, ächzte sie.

»Was denn?«, Seine Stimme klang dunkel und ein provokanter Ton schwang darin mit. »Ich will dass du kommst, wenn mein Schwanz in dir steckt. Ich will deinen Orgasmus spüren.«

Die Worte gaben ihr den Rest. Während der Vibrator ihren Kitzler quälte und Juliens Schaft bei jedem Stoß härter wurde, tiefer in sie drang, begann sie zu zittern. Tara schloss die Augen, sammelte ihren Atem und stieß ihn aus den Lungen, als die Lust wie Dynamit in ihr explodierte.

***

Der Sex war laut gewesen. Lauter als Tara ihre eigene und Juliens Stimme währenddessen empfunden hatte. Als sie am späten Nachmittag auf die Veranda gingen, hatte er mit einem Zwinkern vermutet, dass jeder Nachbar links und rechts des Highways inzwischen wusste, dass er da war. Von denen sah man glücklicherweise nicht viele. Den meisten, von Wärme verwöhnten Louisianern war der vergleichsweise eigentlich milde Februar zu kühl, insbesondere, wenn die Sonne hinter dem Horizont verschwand und die Nacht kam.

Tara und Julien saßen auf Holzstühlen und in Decken eingemummelt. Ein Heizpilz spendete behagliche Wärme, die Flammen von Kerzen flackerten im Wind. Hinter dem Geländer erstreckte sich der Lake Saint Catherine – die Häuser auf der gegenüberliegenden Straßenseite standen am Lake Pontchartrain. Lichter anderer Cottages, Stege und Boote glommen in der Dunkelheit und spiegelten sich auf dem Wasser, wie auch der Mond und die Wolken.

Die beiden tranken Wein und aßen geröstete Sandwiches. Dass Senfgurken klasse mit Cheese&Ham, Honig sowie Rucola harmonierten, hatte Tara gerade herausgefunden, während sich Julien, nicht ganz so experimentierfreudig, das reguläre Club-Sandwich mit Truthahn und Bacon schmecken ließ. Mehr als zwei Hälften konnte Tara nicht verdrücken. Satt und zufrieden lehnte sie sich im Stuhl zurück, legte die Hände auf den vollen Bauch und sah über das Wasser.

»Wie bist du an das Cottage gekommen?«, fragte sie, weil sie einmal gehört hatte, dass die Häuser entlang des Highways auf der Landbridge sehr begehrt waren.

»Ganz normal, über einen Makler«, antwortete er. »Auf dem Weg zu einem Mandanten entdeckte ich das Inserat vom Haus im Aushang und habe sofort zugeschlagen.«

»Das war Glück.«

»Absolut, in dem Moment als ich ins Büro kam, klingelte das Telefon und der Makler gab dem Anrufer Infos zum Haus.« Er schmunzelte über sein Sandwich hinweg. »Ich war so dreist, das Gespräch durch einen Knopfdruck zu unterbrechen.«

Tara lachte. »Echt? Und danach hast du das Haus noch bekommen?«

»Klar, der Interessent am Telefon war ja erst einmal vergrault. Ich habe mir eine verbindliche Reservierung ausstellen lassen, bin im Anschluss an meinen Termin mit dem Makler hergefahren und habe unterschrieben.«

Tara mummelte sich besser in die Decke und zog auch die Füße unter den Po. Sie überlegte, wie oft sie herkommen würde – allein und als

Stadtmensch. Sie mochte den Bayou sehr, wollte ihn aber nicht dauerhaft gegen die Geschäftigkeit von New Orleans tauschen.

»Bist du oft hier?«, fragte sie Julien.

Er schob sich das letzte Stück Sandwich in den Mund und verneinte mit einem Kopfschütteln. »In letzter Zeit schon gar nicht«, antwortete er dann. »Es ist zu viel zu tun. Aber davon abgesehen, ich hab keine festen Zeiten, hab das Haus gekauft, weil ich einen Rückzugsort wollte.«

Tara kannte Lake Saint Catherine als Urlaubsregion und wusste, dass es irgendwo einen Ortskern mit Marinas, Restaurants und Bars gab.

»Ich kann mir vorstellen, dass hier im Sommer auch nicht wenig los ist.«

Julien lehnte sich zurück und verschränkte die Arme hinter dem Kopf. »Japp, es findet eine Art Bevölkerungsverschiebung statt. Touristen aus aller Welt kommen in die Stadt, also weichen deren Bewohner auf das Land aus. Wann immer das stattfindet, bin ich nicht hier. Ich komme her, um meine Ruhe zu haben, den Wahnsinn zu vergessen.«

Das konnte Tara nachvollziehen. »Sicher bekommst du eine Menge schlimme Stories zu hören.«

»Manchmal will ich nicht glauben, was Menschen sich antun, wozu sie fähig sind. Einige der Stories, die ich tatsächlich zu hören bekommen, ähneln den Gruselgeschichten, die du so magst.«

»Schlimm, dass sie wahr sind …«

Furchtbar auch, dass ihr eigener Bruder eine beigesteuert hatte. Bereits vor dem Mord an Janet hatte Tara sich nicht wirklich als zur LaLaurie-Familie gehörig gefühlt, ohne zu ahnen, dass die Antipathie noch stärker werden würde. Sie wünschte sich, dass der Prozess endlich begann und so bald wie möglich vorbei war, damit Alexander LaLaurie kaum Zeit für miese Pläne hatte.

»Woran denkst du?«, fragte Julien. »Du grübelst, machst dir Sorgen, hab ich Recht?«

»Wie könnte ich das nicht?«, antwortete sie. »Jeder mit ein bisschen Verstand würde sich sorgen.«

»Es bringt nur nichts.«

»Ich unterschätze Alexander nicht. Niemand sollte das tun. Wenn er dich aus dem Weg haben will, könnte er deinen Wagen manipulieren, dich in eine Schießerei geraten lassen …«

Julien unterbrach sie. »Hör auf!«

Tara schwieg, obwohl sie nicht wirklich wollte.

»Wir hatten das gestern schon«, sagte er weiter. »Dein Vater wird jetzt kein Risiko eingehen.«

Sie wandte den Blick ab, ließ ihn über den See wandern und brummelte schließlich: »Wir sollten alles stehen und liegen lassen und auswandern. Dann hätten wir vielleicht Ruhe.«

Juliens Reaktion vertrieb ihre düsteren Gedanken. »Ach, denken wir jetzt doch darüber nach, dass wir eine Zukunft haben«, sagte er mit einem leisen Lachen.

Tara blieb ihm die Antwort schuldig.

»In welche Einöde würde es uns wohl verschlagen?«

Prompt hatte sie eine Idee. »Montana! Wenn schon Einöde, dann bitte die schönste. Wir verkrümeln uns in waldige Berge, bauen eine Hütte am Fluss, kaufen diese Gummihosen mit integrierten Stiefeln und lernen das Fliegenfischen. Wie in diesem Film …«

»Ah, ich weiß, welchen du meinst«, fiel Julien ein. »Der mit den Brüdern. *In der Mitte entspringt ein Fluss.*«

»Genau, der ist großartig.«

»Klar, wegen Brad Pitt.«

Tara warf ihm einen empörten Blick zu. »Nein!«, sagte sie in einem belehrendem Ton, musste aber grinsen. »Wegen der Handlung.«

Julien stand auf, zog sie aus dem Stuhl, hob sie hoch und legte sie über seine Schulter.

»Komm, Frau, gehen wir in die Hütte und üben Hillbilly-sein!«, grunzte er und trug die nur halbherzig schimpfende Tara nach drinnen.

KAPITEL 8

Taras Haare dufteten so gut, dass Julien seine Nase hineinsteckte. Ihre Haut war so warm und
weich, dass er sich an sie schmiegen musste. Sie
schlief noch und bekam davon nichts mit. Das
leise, gleichmäßige Geräusch ihres Atems war so
beruhigend wie das frühe Sonnenlicht, das durch
das einzige Fenster ins Zimmer fiel. Golden taste-
te es über die hellen Wände und das Laken, das
sie beide zudeckte.

Julien erinnerte sich an eine Kinderbuchserie,
die er gern gelesen hatte. Darin ging es um einen
Jungen, der ständig Probleme lösen musste, die
seinen Alltag störten. Natürlich gelang ihm das
immer, also endete jedes Buch mit dem Satz: Und
alles war genau so, wie er es sich vorgestellt hatte.
Das war jetzt Juliens Gedanke. Es war ein perfek-
tes Erwachen, ein großartiger Beginn. Einerseits
wollte er den ganzen Tag so verbringen, andererseits wollte er irgendwie aktiv sein – weil er und

Tara gemeinsam es in New Orleans nicht ohne Weiteres sein konnten.

Wie auf Kommando räkelte sie sich, drehte sich in seiner Umarmung, öffnete ein Auge und blinzelte ihn an. Sie lächelte verschlafen, strich sich eine dunkle Strähne aus dem Gesicht und gab ihm einen federleichten Kuss. Er blieb so still wie sie, rutschte abermals näher und schloss die Augen. Sie legte ein Bein über ihn. So dösten sie, ohne Worte, bis sich ihre Mägen meldeten und um die Wette zu knurren begannen.

»Pancakes mit Ahornsirup wären jetzt toll«, murmelte Tara an Juliens Hals.

Er streichelte über ihren Rücken. »Spiegelei und Bacon. Kannst du sowas?«

»Tzz. Natürlich nicht. Mir gelingt immer nur Toast mit Marmelade.«

»Obstsalat?«

»Nehm ich!«

»Du Faulpelz!« Julien lachte und begann Tara zu kitzeln, bis sie aus dem Bett sprang. Sie zog ihm die Bettdecke weg, damit er es sich nicht mehr gemütlich machen konnte. Kichernd miteinander ringend tapsten sie in die Küche und machten sich an die Zubereitung des Frühstücks. Julien übernahm alles, was in die Pfanne gehörte, Tara kümmerte sich um Kaffee, Obst und den Tisch auf der Veranda.

Bevor sie sich raus setzten zogen sie Jeans und Pullover über. Die Sonne schien zwar kräftig vom blassblauen Himmel, doch sie erwärmte die Luft vor dem Mittag kaum auf zwanzig Grad. Der Ausblick über den See war spektakulär: Schnellboote schossen über die glitzernden Wellen, das Summen ihrer Motoren drang von fern heran. Die Stege an den Stränden der vielen Nachbarhäuser streckten sich zu beiden Seiten wie Arme ins Wasser; an manchen waren Boote festgemacht, auf anderen waren Leute unterwegs. Hunde tobten auf den Grundstücken und apportierten Stöcke, die ihre Besitzer in den See warfen.

Beim Essen schmiedeten Julien und Tara einen Plan für den Tag. Ihm wurde bewusst, dass sie nicht über den Abend sprachen; er selbst sperrte den Gedanken daran entschieden weg und vermutete, dass es Tara ähnlich ging: Der Tag sollte ohne Abend existieren, bis der Abend eben da war.

Eben wollte Julien Tara von einer Idee erzählen, die er für den Nachmittag hatte, da ertönte drinnen ihr Handy. Sie entschuldigte sich, stand auf und suchte das Telefon, hektischer, desto länger es klingelte. Nach einem genervten Stöhnen nahm sie das Gespräch an, und wenig später hörte Julien, wie sie dem Anrufer sagte, dass ihr Aufenthalt uninteressant war.

Julien begann den Tisch abzuräumen. Er versuchte, nicht auf Taras Telefonat zu achten, doch dazu hätte er aus dem Haus gehen müssen. Während er Teller, Schalen und Gewürze an ihr vorbeitrug und den Geschirrspüler füllte, nahm sie in einem Sessel Platz und hörte mehr zu, als dass sie sprach. Julien ahnte, dass Ethan der Anrufer war, und dass passte ihm nicht, aber er blieb ruhig. Als Tara sich jedoch rechtfertigte, statt den Kerl einfach abzuwürgen, und als sie ihm auch noch einen entschuldigenden Blick zuwarf, wurde er sauer. Am liebsten hätte er ihr das Handy abgenommen und Ethan zur Hölle geschickt.

Mein Weibchen!, grummelte er im Stillen und ärgerte sich noch mehr, weil er es nicht in die Welt rufen konnte, damit es am Ende auch Ethan kapierte.

Endlich unterbrach Tara das Gespräch und legte auf. »Ethan …«, sagte sie und stand auf, um das restliche Geschirr von der Veranda zu holen.

»Gibt's Probleme?«, rief Julien ihr in einem versucht beiläufigen Ton hinterher.

»Nicht wirklich«, antwortete sie von draußen und kam mit Tassen und Gläsern herein. Sie wollte die Teile in den Geschirrspüler räumen, doch Julien nahm ihr seine Tasse ab, um sich neuen Kaffee einzuschenken.

»Nicht wirklich«, brummelte er. »Das klingt nicht überzeugend.«

»War mir nicht klar, dass du überzeugt werden musst«, entgegnete sie unerwartet barsch, und weil er innerlich brodelte, sprang er sofort darauf an.

»Was ist das zwischen dir und Ethan? Wieso spioniert er dir nach? Er scheint überall zu sein, wo du bist? Er verhält sich als wäre er eifersüchtig, und wenn er das ist, dann frage ich mich, aus welchem Grund.«

Tara stellte alles Geschirr ab und fuhr herum. »Du glaubst, ich geb ihm einen Grund?«

»Nicht direkt, aber du sagst ihm scheinbar auch nicht deutlich genug, dass er dich in Ruhe lassen soll.«

»Das habe ich. Er hört nur leider nicht. Sowas soll's geben ... Männer, die sich überschätzen.«

War das eine Anspielung? Für eine Sekunde war Julien irritiert, konzentrierte sich aber wieder auf das Wesentliche: »Er braucht es eben noch klarer. Ein simples *Ethan, zieh Leine!* erledigt das.«

»Ich bin sicher, du hast jedes meiner Worte am Telefon gehört. Weder war ich freundlich, noch habe ich ihn auf später vertröstet.«

Das hatte sie wirklich nicht, und eigentlich wollte er die ganze Sache vergessen, aber der Ärger hatte ihn nun einmal gepackt und angefressen. Er kniff den Mund zusammen, um mehr blöde Gedanken zurückzuhalten, doch Tara interpretierte das offenbar als Ablehnung ihrer Worte und erklärte, welche Verbindung zu Ethan bestand:

»Ethan war ein Freund, und dass wir ab und zu Sex hatten, weißt du. Mehr gibt es nicht zu wissen, weil da nicht mehr war. Davon abgesehen mache ich deine Ex-Beziehungen auch nicht zum Thema.«

»Die rufen auch nicht an, lauern hinter jeder Ecke oder besuchen deine Vorlesungen.«

»Dass Ethan sich so verhält, finde ich genauso schlimm wie du.«

»Ja, es ist schlimm …« Er ahnte, dass er gleich etwas Dummes sagen würde, und der Anwalt in ihm sollte ihn eigentlich stoppen, das tat er aber nicht. »Schlimm ist außerdem, dass ich dir das Scheißtelefon eben nicht abnehmen und diesem Arsch ein paar Takte erzählen konnte.«

»Ach, und das ist meine Schuld?« Tara stemmte die Hände in die Seiten. »Ich bin nicht diejenige, die *Hurra, meine Chance auf Rache* gerufen hat. Wir verstecken uns hier und in New Orleans, damit du den Prozess gegen meinen Bruder führen kannst.«

Sie wollte noch etwas anfügen, sparte sich die Worte aber und wandte sich ab. Julien ließ das Gesagte sacken. Weil dem nichts entgegenzubringen war, wollte er Tara umarmen und sich entschuldigen, da stapfte sie mit dem Fuß auf, stieß einen wütenden Laut aus der Kehle und rannte aus dem Zimmer auf die Veranda. Beim nächsten Wimpernschlag war sie schon auf der Treppe. Julien ging ebenfalls nach draußen, rief Tara von oben, doch sie winkte ab, ohne sich umzuwenden und lief in Richtung des Nachbargrundstücks. Weil es keinen Strand gab – die Cottages standen schließlich auf Stelzen im See – zerrte sie die Hosenbeine bis zu den Knien und platschte durch das Wasser unter dem ersten Steg hindurch. Ihr dunkler Zopf, den sie sich in der Zwischenzeit gebunden hatte, wippte wütend bei jedem Schritt.

Julien rief sie ein zweites Mal und schimpfte leise, weil sie diesmal gar nicht reagierte. Kurz überlegte er, wie lange er das Warten auf ihre Rückkehr aushalten würde, krempelte die Hosenbeine dann hoch und folgte ihr. Dabei verfiel er vom Schimpfen ins Fluchen, denn er hatte nicht schlecht Lust, loszuspurten und ihr zu sagen, wie kindisch er es fand, dass sie einfach weglief. Da waren sie hergekommen, um Zeit miteinander verbringen zu können, und gerade hatte er eine so coole Idee gehabt, aber wieder hatte ihnen dieser dämliche Ethan dazwischengefunkt. Wenn er dem Typen das nächste Mal begegnete, würde er ihm aber sowas von …

»Hey, wie geht's?« Eine Stimme unterbrach seinen Monolog.

Mit einem innerlichen Ächzen hob Julien den Kopf und grüßte einen Nachbarn, der seinen Steg pinselte. Er kannte den Mann nicht namentlich, was offenbar auf Gegenseitigkeit beruhte. Einen Plausch wollte der andere trotzdem starten. Der Höflichkeit halber, wie man es eben so tat.

»Gut. Danke«, antwortete Julien also. »Und selbst?«

»Auch gut. Schönes Wetter haben wir heute, nicht wahr? Endlich kein Regen mehr.«

»Ja, wunderbar.« Julien ging rückwärts weiter.

»Wohin willst du?«

»Ach, ich geh ein bisschen spazieren.« Er wollte sich umwenden, doch der Nachbar hatte noch einen Ratschlag für ihn.

»Wenn du sie einholen willst, gib besser Gas«, sagte er und lachte. »Sie sah verdammt zornig aus.«

Julien wandte sich um und setzte seinen Weg zügiger fort. Er hob die Hand vor die Stirn, um seine Sicht abzuschatten und entdeckte Tara in einiger Entfernung unmittelbar vor einem größeren Stück unbebauten Landes, auf dem mannshohes, vom Winter gebräuntes Gras wuchs. Im nächsten Moment verschwand sie zwischen den Gräsern.

Nun konnte er sich nicht zurückhalten und verfiel in einen versucht lässigen Joggingschritt, getrieben sowohl von Ärger als auch von Sorge. Neu hinzu gesellte sich eine leise Lust, denn vor seinem geistigen Auge blitzten Bilder von Tara im hohen, sonnendurchfluteten Gras auf – und diese Bilder machten ihn an. Wenn er sie erst mal gefunden hatte, war sie fällig, dachte er sich und betrat das Grasland, dessen Halme ihn um einen guten Meter überragten. Seine Schritte raschelten, hin und wieder knackte ein Halm unter seinen Füßen. Einen Moment lang hielt er inne und lauschte, hörte aber nichts und schlich weiter.

Es wunderte ihn, dass Tara hier hergekommen war, denn das trockene Gras und Steine im Boden piekten in die Fußsohlen. Außerdem hoffte er, dass sie aufpasste, wohin sie trat und auf Schlangen achtete. Er reckte den Kopf, hielt nach wippenden Halmen Ausschau und stand still, als er ganz in der Nähe ein Knacken vernahm.

»Tara?«, raunte er und wollte sich umdrehen, da legte sich eine Hand vor seinen Mund. Ihre Hand natürlich, schmal und kühl.

»Ich hasse Eifersucht«, murmelte sie an sein Ohr, gab seinen Mund frei und ließ die Hand über seinen Hals und seine Brust wandern.

Als sie den anderen Arm um ihn schlang und sich an seinen Rücken schmiegte, spürte Julien nicht nur ihre Brüste und ihren Bauch, sondern auch eine Regung zwischen seinen Beinen.

»Ich bin nicht eifersüchtig«, entgegnete er und wollte sich zu ihr umdrehen, was sie verhinderte, indem sie sich fester an ihn presste.

»Tatsächlich?« Sie biss in sein Ohrläppchen, gerade so fest, dass ein prickelnder Schmerz von seinem Ohr in seine Brust fuhr. »Ich habe einen anderen Eindruck.«

»Dann korrigier deinen Eindruck. Ganz sicher nehme ich nicht alles hin und ärgere mich über bestimmte Dinge, aber Eifersucht ist etwas anderes. Ich bin nur nicht gleichgültig.«

Taras Hand fuhr in seinen Schritt. Sie machte einen süßen, gurrenden Laut. »Das merke ich.«

Binnen weniger Sekunden hatte sie seine Hose geöffnet und seinen schon ziemlich harten Schwanz aus den Shorts geholt.

»Wie gefällt dir der Ausblick?«, fragte sie und begann seinen Schaft mit einer Hand zu massieren, während ihre andere seine Eier umschloss.

»Der Ausblick macht mich schärfer als ich sowieso schon bin«, presste er zwischen den Zähnen durch und griff nach hinten, um Tara irgendwie auch zwischen den Fingern zu haben.

»Beschreib ihn mir, den Ausblick«, forderte sie, während sie unbeirrt weitermachte. »Ich sehe leider nichts.«

»Hmm …« Das war mehr ein Ächzen als ein grüblerischer Laut. »Ich sehe deine langen Finger, die sich um meinen Schwanz schließen. Da sitzt ein Tropfen auf der roten, prallen Eichel …«

Julien unterbrach sich, denn Tara ließ von ihm ab. Dass sie herumkam und sich vor ihn stellte, irritierte ihn einen Moment lang. Die Hände in die Seiten gestemmt, betrachtete sie seine Erektion und schien einen Kommentar abgegeben zu wollen, doch er zog sie an sich und küsste sie. Ein Keuchen stieg in ihrer Kehle auf, weil er das nicht gerade sanft tat, ihre Lippen gierig nahm. So gierig, wie er gleich einen anderen Körperteil von ihr nehmen würde – und er wettete im Stillen, dass sie feucht genug war.

Von dem Gedanken angespornt beendete Julien den Kuss, gerade als Tara die Arme um ihn legte. Ein verwirrter Ausdruck huschte durch ihren Blick, als er sie bei den Hüften packte und herumdrehte. Ihre Hose war schnell geöffnet und heruntergezogen. Von ihrem Hintern, der ihm nun eine ganz andere grandiose Aussicht bot, strich Julien über ihren Rücken, umfasste ihren Nacken und sorgte dafür, dass sie sich nach vorn beugte. Er lehnte sich über sie und verschloss ihr den Mund mit der freien Hand gerade rechtzeitig.

Als er seinen Schwanz in sie schob, stöhnte sie gegen seine Finger, und weil sich die Hitze ihrer Spalte und ihre Enge so geil anfühlten, fiel es ihm selbst schwer, keinen Laut zu machen. Eine Hand vor ihrem Mund lassend, vögelte er sie quälend leise und langsam. Als er seine andere Hand von ihrem Nacken nahm und zwischen ihre Beine schob, damit seine Finger ihre Klit bearbeiten konnte, ächzte sie und griff hinter sich, um seinen Hintern zu packen.

Er zog seinen Schwanz aus ihr, sobald er spürte, dass er soweit war. Diesmal konnte er einfach nicht auf sie warten und spritzte seinen Saft auf ihren schönen, runden Po. Nicht mehr als ein gemurrtes »Fuck ...« schaffte es über seine Zunge.

Tara stöhnte leise als er ihren Mund freigab. Es klang erschöpft, aber noch lustvoll, also wollte er sie weiter mit dem Finger befriedigen, doch sie stoppte seine Hand. Sanft ließ er sie gehen, um sein bestes Stück zu verpacken und sein Sperma mit der Innenseite seines Sweatshirts von ihrer Haut zu wischen.

Während sie sich die Hose hochzog, drehte sie sich zu ihm um. Beim Anblick des trotzigen Funkelns in ihren Augen schlich sich ein bissiger Kommentar über seine Lippen:

»Lass uns zurückgehen. Nicht dass du Ethans Anrufe verpasst.«

Tara schnaubte. »Furchtbar wäre das. Tieftraurig würde es mich machen.«

Sie ging an ihm vorbei. Er folgte ihr. Sobald sie auf freier Fläche waren, glitt sein Blick über die Stege, Veranden und Fenster der ersten Häuser. Alles war still, niemand war zu sehen. Einen Einblick ins hohe Gras hatten die Anwohner zwar von keinem Punkt aus, aber der Fantasie der Menschen war schließlich keine Grenzen gesetzt – und in ihrem Fall bedurfte es gar keiner besonderen Vorstellungskraft. Verschwand eine Frau in irgendwelchen Büschen, ging ein Typ hinterher und kamen sie nach einer Weile zusammen wieder heraus, wusste wohl jeder, was passiert war.

»Im Übrigen sollte ich unbedingt über seinen Heiratsantrag nachdenken«, sagte Tara nach einigen Schritten, ohne ihn anzusehen. Die Hände in die Hosentaschen geschoben, schlenderte sie neben ihm im flachen Seewasser und hatte den Blick auf einen blinden Punkt vor ihnen geheftet.

Julien hätte sich gern verhört. »Oh, er hat dir einen Antrag gemacht«, stänkerte er. »Ich wette, dafür hat er sich richtig ins Zeug gelegt, so ein kreatives Kerlchen, wie er ist.«

Taras Stimme bekam einen noch härteren Ton: »Absolut, die Aktion muss ihm erst mal einer nachmachen. Stell dir vor, weil ich auf der Mauer des Cemetery I gesessen habe, hat er mich in eine der alten Zellen im Keller gesperrt.«

Julien wollte sie am liebsten packen und schütteln und ihr sagen, dass sie den Mist lassen sollte. »Das nenne ich doch mal romantisch!«, frotzelte er stattdessen.

»Meine Worte! Total romantisch! Er wollte mich nur frei lassen, wenn ich ihn heirate.«

»So ein Engagement, und du hast dir Bedenkzeit erbeten?«

Tara fuhr zu ihm herum. Sie kniff den Mund zusammen, wie um sich davon abzuhalten, eine Beleidigung auszuspucken. Zorn loderte in ihren dunklen Augen. Ohne ihre Gedanken in Worte zu fassen, schob sie sich weiter und ging die Treppe zur Veranda hinauf. Julien blieb unten. Er wusste nicht, was er davon halten sollte. Dass Ethan Tara einen Antrag gemacht hatte, bezweifelte er nicht, und ihre Reaktion darauf war ihm ebenso klar – trotz ihrer Worte. Was ihn irritierte, war Ethans offenbar unbeirrter Besitzanspruch. Er verstand einfach nicht, was diesen festigte.

»Vielleicht sollten wir unseren Krempel besser gleich packen und zurück in die Stadt fahren«, rief er Tara nach.

Über die Schulter funkelte sie ihn abermals an. »Wie du meinst«, fauchte sie und verbarg ihre Enttäuschung, indem sie sich von ihm abwandte.

***

Der Motor des Sumpfbootes dröhnte. Der Propeller hinter dem Sitz surrte nicht viel leiser und trieb sie voran. Auf Highway-Geschwindigkeit düste das Boot durch die Wetlands, mal entlang Wasserstraßen, deren Seiten dicht bewaldet waren, mal über Flächen, aus denen Gras wuchs. Das satte Grün des Bayous und das Blau des

Nachmittagshimmels waren die Farben der Tour. Ihre Haare wirbelten im Fahrtwind, und wenn sie miteinander sprachen, mussten sie schreien, um das Röhren des Bootes zu übertönen.

Julien war froh über seine Idee, denn der Trip über das Wasser rettete den Tag und ließ sie den Streit vergessen – für den Moment zumindest. Tara war nie zuvor auf einem Sumpfboot gefahren und grinste, seit er ihr das Gefährt präsentiert hatte. Es gehörte einem älteren Nachbarn, dessen Cottage eine Meile weiter unten am Lake Saint Catherine stand. Julien hatte bereits Trips mit ihm unternommen und das Boot zuvor für eine Fahrt ausgeliehen. So kannte er sich ein bisschen aus und wusste, welche Strecken besonders schön waren. Außerdem kannte er die Plätze, an denen sich die Alligatoren tummelten. Nachdem er das Boot in eine solche Wasserstraße gelenkt hatte, schaltete er den Motor aus, damit sie mit der Strömung treiben konnten. Er musste Tara keine Erklärung geben. Sie ahnte, wonach sie Ausschau halten musste und entdeckte den ersten Alligator wenig später. Das Tier lugte zuerst nur aus dem dunklen Wasser, doch als das Boot näher trieb, hob es seinen breiten Kopf, klappte die Schnauze auf und zeigte seine in mehreren Reihen stehenden Zähne.

»Du meine Güte!«, raunte Tara. »Wie groß ist der?«

»Gut vier Meter. Ins Wasser fallen sollten wir jetzt nicht, wir würden beide in ihn reinpassen.«

Sie beobachtete den Alligator noch eine Weile und schickte ihm dann einen Blick – ein stummes Angebot zur Versöhnung.

Auf dem Rückweg hatten sie die sinkende Sonne im Rücken. Sie ließ das Boot einen langen Schatten werfen, verlieh dem Wasser und den Pflanzen einen goldenen Farbton. Julien hatte den Motor wieder eingeschaltet, fuhr aber nicht so schnell wie zuvor, denn er wollte die Minuten irgendwie verlängern. Die Melancholie, die ihn ergriffen hatte, schien Tara zu spüren. Sie war selbst nicht mehr so entspannt, wie auf dem Herweg. Als sie ihre Sonnenbrille in die Haare schob, strahlten ihre dunklen Augen honigfarben im Licht des späten Tages. Ein warmer Schimmer lag auf ihrer Haut, während der Fahrtwind lose Haarsträhnen um ihr Gesicht tanzen ließ. Irgendwann lehnte sie den Kopf gegen seine Schulter und sagte: »Ich will noch nicht zurück.«

Nicht das Cottage meinte sie damit. Dort wäre sie ebenso gern länger geblieben wie er.

KAPITEL 9

Während der Vorlesungen am Montagmorgen fühlte sich Tara wie auf einem anderen Planeten. Gerademal achtundvierzig Stunden hatten sie und Julien zusammen verbracht – mehr Zeit am Stück als je zuvor, prinzipiell aber doch viel zu wenig. Einen guten Teil davon hatten sie außerdem mit Streit verschwendet, und noch jetzt ärgerte sie sich über seine Reaktion zu Ethans Anruf. Dass sie überhaupt ans Telefon gegangen war, ärgerte sie allerdings auch.

Vor sich hin grübelnd ging sie nach der zweiten Vorlesung zu ihrem Büro, um die Essays, die sie von den Studenten eingesammelt hatte, bis zur Durchsicht loszuwerden. Danach wollte sie sich für die Mittagspause einen Platz in der Sonne suchen, das Grübeln lassen und einen klaren Kopf bekommen. Als sie Kat vor ihrem Büro entdeckte, beschleunigte ihren Schritt, denn die Freundin hielt zwei Pappboxen, denen der Duft nach asiatischem Essen entströmte. Ein wenig wunderte Tara sich auch, denn da Kat bis spätnachts im Missi Spirits arbeitete, schlief sie mittags meist noch oder relaxte.

»Hey, das ist ja lieb.« Tara begrüßte Kat mit einem Bussi, presste sich die Unterlagen vor die Brust und fummelte den Schlüssel aus ihrer Tasche. »Ich bring nur den Kram hier schnell rein, dann können wir an die Luft.«

»Lass uns im Büro bleiben«, antwortete Kat und zog eine Schnute, die Tara nicht deuten konnte.

»Aber es ist warm und die Sonne …«

»Scheiß auf die Sonne!«

Tara klappte den Mund zu, schloss auf und ging ins Zimmer voran. Sie warf den Papierstapel in die überfüllte Ablage und hängte ihre Tasche über eine Stuhllehne, während Kat das Essen auf den Schreibtisch stellte. Weil sie sich auf den Schreibtisch hockte und eine der Boxen öffnete, setzte Tara sich neben sie.

»Na los, hau schon rein!«, brummelte die Freundin mit halbvollem Mund. »Das Zeug ist lecker.«

»Warum müssen wir unbedingt drin bleiben?« Tara nahm die andere Box, klappte sie auf und stocherte in ihrem Essen.

»Später. Erst essen!«, sagte Kat und stopfte sich mehr Nudeln in den Mund.

Tara vermutete, dass es ihr Frühstück war. Falls sie hier war, weil sie Stress mit John hatte, störte der ihren Appetit jedenfalls nicht. Am Vorabend, als Tara nach der Rückkehr aus dem Bayou, in der Bar gewesen war, um ihren Schlüssel wiederzuholen, war von Streitigkeiten außerdem nichts zu spüren gewesen. Im Gegenteil: Ziemlich gut gelaunt hatte Kat sie gebeten, ein bisschen zu bleiben und vom Wochenende zu erzählen, doch Tara war zu müde gewesen. Heute wirkte Kat durcheinander, und vom Wochenende schien sie auch nichts hören zu wollen.

»Was bringst du deinen Studenten aktuell so bei?«, fragte sie offensichtlich nur um Konversation zu machen. Die Inhalte der Lehrstunden waren sonst nämlich kaum Thema.

Tara zuckte mit den Schultern. »Alles Mögliche. Das kommt aufs Semester an.« Sie hatte keine Lust auf solchen Small Talk mit ihrer besten Freundin, und auch die Lust auf das Essen verlor sie mehr und mehr.

Kat ignorierte ihren Unwillen über Nichtigkeiten plaudern zu wollen und fragte weiter: »Musst du dich eigentlich jedes Mal vorbereiten oder ratterst du den ganzen Stoff im Schlaf runter?«

Tara stellte ihre Box weg und spießte die Stäbchen in die Nudeln. »Was ist los? Wieso können wir nicht während des Essens reden? Zum Beispiel über den Grund für deinen Besuch.«

Kat hielt inne und seufzte. »Naja …«, druckste sie. »Könnte sein, dass dir der Appetit vergeht.«

Tara spürte, wie sie sich anspannte. »Raus mit der Sprache!«, murmelte sie.

Kat seufzte noch einmal. Dann stellte sie ihr Essen ebenfalls weg und kramte *The Times-Picayune* aus ihrer Tasche. Mit einem bedauernden Blick reichte sie Tara die Tageszeitung.

»Ihr seid auf der Titelseite«, sagte sie dazu, »du und Julien.«

Tara riss Kat die Zeitung aus der Hand und klappte sie auf. Beim Anblick des Fotos schlug ihr Herz schneller und ein Schauder rauschte über ihren Rücken. Die Titelseite zeigte sie und Julien am Ufer des Lake Saint Catherine. Auf dem Rückweg nach dem Sex im Grasfeld war es aufgenommen worden, irgendwo zwischen zwei Cottages, denn ein Steg war nicht zu erkennen. Der hätte natürlich Aufschluss über den Fotografen gegeben. Einer der Nachbarn war das wohl, irgendeiner, der den richtigen Riecher gehabt und geahnt hatte, dass er dieses Bild für ziemlich viel Kohle verkaufen konnte. Tara schloss aus, dass dieser Mensch gewusst hatte, wer sie war, doch Julien kannte inzwischen jeder und nicht wenige interessierten sich auch für sein Privatleben. Dass er das Wochenende mit einer Frau verbrachte, statt sich auf die bevorstehende Verhandlung gegen Ben LaLaurie vorzubereiten, stieß hier und da sicher auf Unverständnis. Schlichtweg schockieren musste die Neuigkeit, wer diese Frau war.

Falsches Spiel im Fall LaLaurie, titelte die Tageszeitung und vermutete im Untertitel, dass der Anwalt der Familie des Opfers insgeheim für die LaLaurie-Familie arbeitete. Anders konnte man sich die offensichtliche Verbundenheit zur Schwester des Angeklagten nicht erklären. Nach kurzem Fokus auf den einflussreichen Ex-Richter Alexander LaLaurie und seinen wegen Mordes angeklagten Sohn konzentrierte sich der Text wieder auf Julien. Da war die Rede vom Ritter ohne Furcht und Tadel, als der er sich mit seinem Angebot, die Nebenklage ohne Gebühr zu vertreten, präsentiert hatte – der Familie Hendric und dem ganzen Land.

»Mist!« Tara ließ die Zeitung sinken. »Sie glauben, dass Julien von Anfang an für meinen Vater gearbeitet und eigentlich die Absicht hat, Ben rauszuhauen.«

»Japp«, pflichtete Kat ihr bei, »echt übel.«

»Sie werden ihn hassen …«

»So sehr sie ihn bisher geliebt haben.«

»Das darf ich nicht zulassen. Ich hab ihm das eingebrockt.«

»Seh ich anders.« Kat klang nüchtern. »Ihr habt es euch gemeinsam eingebrockt, aber was hättet ihr schon tun sollen? Du hast gelitten wie ein Hund.«

Tara schüttelte den Kopf. »Ich hätte nicht aus dem Cottage laufen sollen, gestern am Morgen. Ich war sauer, und er ist mir gefolgt …«

»Scheiße, vergiss das! Es wäre sowieso bald herausgekommen. Julien steht so sehr im Zentrum der Aufmerksamkeit, da wundert es mich, dass ihr es überhaupt eine Woche verheimlichen konntet.«

Tara warf Kat einen Blick zu und schnaubte. »Und du kommst mit Essen her.«

»Absichtlich. Nachher gehst du wieder in einen Hungerstreik. Ich wollte, dass du noch mal ordentlich isst, bevor du es erfährst.«

Beim Gedanken an die Vorwürfe, die von allen Seiten auf sie einprasseln würden – mehr als nur der Vorwurf der Bestechlichkeit – senkte sich das asiatische Essen wie eine tonnenschwere Last auf ihren Magen und am liebsten wollte sie auf die nächste Toilette rennen und brechen.

»Ich cancel die restlichen Vorlesungen«, beschloss sie und eilte zu ihrer Tasche. »Unmöglich, dass ich die heute noch halte. Meine Konzentration ist hinüber.«

»Sag einfach, dir geht es nicht gut«, schlug Kat vor. »Stimmt ja auch.«

Tara zog ihr Telefon aus der Tasche und fluchte, als sie die verpassten Anrufe sah. Fünfmal hatte Savannah versucht sie zu erreichen, ihr Vater einmal, Julien siebenmal.

Tara rief ihn zurück, aber als sie seine Stimme hörte brachte sie kaum ein Wort hervor.

»Fahr nach Hause«, sagte Julien mit ruhiger Stimme. »Sprich mit niemandem, wenn möglich, auf keinen Fall natürlich mit der Presse. Ich komme vorbei, sobald ich es schaffe.«

**

Taras Handy klingelte noch dreimal während der Heimfahrt; jedes Mal rief Savannah an. An einer roten Ampel gab sie auf, ging ran und ließ die Beschimpfungen über sich ergehen. Den Befehl ihrer Nicht-Mutter, sofort zu einem Gespräch nach Garden District zu kommen, schlug sie aus, doch die befürchtete Konfrontation ersparte ihr das nicht, denn nach kurzer Sprachlosigkeit beschloss Savannah, dass sie und Alexander eben zu Tara kommen würden.

Zu Hause wurde sie von der Presse überrascht. Kameras filmten und fotografierten, sobald sie aus dem Auto stieg, Mikrophone streckten sich ihr entgegen, Fragen prasselten auf sie ein. Sie floh ins Haus, schlug die Tür hinter sich zu, lehnte einen Augenblick dagegen und atmete durch, dann schlich sie zu einem Fenster und beobachtete die Meute durch die Lamellen der Sonnenblende. Nicht einmal direkt nach Bens Verhaftung war das mediale Interesse an ihrer Person so groß gewesen.

Als der Wagen ihrer Eltern am Straßenrand parkte, hielt Tara den Atem an. Mit wild klopfendem Herzen beobachtete sie, wie Alexander und Savannah an den Presseleuten vorbeigingen, schweigend, er mit eiskalter Miene, sie mit herablassenden Blicken. Hereinbitten wollte Tara sie absolut nicht, hätte sie unter anderen Umständen tatsächlich vor der Tür stehen lassen, doch sie wusste, dass ihr das im Moment nur mehr schaden würde, also öffnete sie im Blitzlichtgewitter und Fragenhagel und ließ ihre Eltern ins Haus.

Savannah wollte weiterschimpfen, kaum dass Tara die Tür hinter ihr geschlossen hatte, doch Alexander, forderte sie auf, sich die Worte zu sparen. »Sie stoßen sowieso auf taube Ohren«, knurrte er. »Wie schon ihr ganzes, verdammtes Leben lang.«

Natürlich!, dachte Tara, *das missratene Kind hat wieder zugeschlagen.* Ein Strike diesmal, der die Klapperschlangen wild rasseln ließ. An zwei Schlangen erinnerten ihre Eltern sie tatsächlich, groß, dünn, listig und hochgiftig.

»Du wirst deine Verbindung zu diesem Bastard unterbrechen«, befahl Alexander. »Und du wirst öffentlich Stellung nehmen, um deinem Bruder nicht noch mehr zu schaden als du bereits getan hast.«

»Ben hat sich selbst geschadet«, gab Tara zurück, schwieg aber erschrocken, weil ihr Vater losbrüllte. Sogar Savannah zuckte zusammen.

»Du hast Sendepause, kapiert?! Ich rede jetzt und du hörst an, was ich dir zu sagen habe.«

Ein paar Sekunden lang war sie völlig verdattert. Sie starrte ihn an und konnte kaum glauben, dass er sie wie ein kleines Mädchen herumkommandieren und zum Schweigen verdonnern wollte.

»Du bist in meinem Haus«, sagte sie dann mit ruhiger Stimme und ließ den Blick von ihrem Vater zu Savannah wandern. »Benehmt euch wie Gäste, wenn ich euch zuhören soll. Ansonsten wisst ihr, wo es rausgeht.«

Dass Alexander nicht noch lauter wurde, lag vielleicht an Savannah. Die ging ins Wohnzimmer voran und heulte: »Das ist nun der Dank dafür, dass man sich ihrer angenommen hat.«

Tara folgte ihr, setzte sich gegenüber und streichelte Shadow, der aus dem Garten herein geschlendert und auf ihren Schoß gesprungen war. Obwohl der Kater laut schnurrte, war er doch angespannt; das verriet seine peitschende Schwanzspitze. Alexander kam hinzu, blieb aber, wie so oft, stehen. Sicher war er das so gewohnt und mochte es, auf seine Zuhörer hinabzuschauen, wie von seinem einstigen Richterpult aus.

»Ich verlange von dir, dass du vor der Presse sprichst und das klärst.« Mit scheinbar größter Mühe kontrollierte er sich, so gern wollte er wieder schreien. »Zum Wohle deines Bruders wirst du klarstellen, dass unsere Familie keinerlei Versuch unternommen hat, Julien Cavanaugh zu bestechen.«

Gar nichts täte sie zu Bens Wohl, konterte Tara im Stillen, und den Verdacht der Bestechung würde sie ausschließlich für Julien und sich selbst ausräumen.

»Dein Verhalten veranlasst die Öffentlichkeit dazu, Ben von vorn herein für schuldig zu halten«, hörte sie als nächstes und biss sich auf die Lippe, um nicht zu sagen, dass das vorher schon so gewesen war. »Der Verteidiger wird es nun schwerer haben, Richter und Geschworene von Bens Unschuld zu überzeugen.«

Über so viel Heuchelei konnte Tara nur den Kopf schütteln, schließlich war der Verteidiger ein Freund der Familie, der für den Schwierigkeitsgrad des Falles und die Verleugnung von Tatsachen ohne Zweifel gut bezahlt wurde.

Savannah meldete sich zu Wort: »Außerdem wirst du sagen, dass sich dieser Mann unter falschem Namen an dich rangemacht hat, um sich einen Vorteil zu verschaffen.«

Tara setzte Shadow auf den Boden, damit sie aufstehen konnte. »Das könnt ihr vergessen.«

Savannah verzog den Mund, wie um eine neue Beleidung auszuspucken, da klopfte es an der Terrassentür. Tara erschrak, als sie Julien sah. Um der Presse aus dem Weg zu gehen, war er wohl durch die Gärten der Nachbarhäuser geschlichen. Ihre Eltern hatte er bereits entdeckt, scheute die Begegnung offenbar jedoch wenig.

»Da ist er ja, der Bastard«, höhnte Alexander.

Tara wollte Julien hereinlassen, doch ihr Vater war schneller bei der Tür, riss sie auf und zischte ihm zu, dass er verschwinden sollte. Der tat das genaue Gegenteil und schob sich an Alexander vorbei ins Wohnzimmer. Wie zwei Raubtiere standen sich die beiden gegenüber, ein schwarzer Panther und ein blonder Löwe, funkelten einander an, und während der eine den Mund vor Verachtung verzog, hob der andere das Kinn.

»Ihre Anwesenheit ist mehr als ungünstig, Mr. Cavanaugh«, knurrte Alexander. »Prinzipiell hat Ihre bisherige Präsenz bereits großen Schaden angerichtet, und ich möchte Sie darauf hinweisen, Ihre ...«

»Auf einmal so förmlich?«, fiel ihm Julien ins Wort. »Wieso bleiben wir nicht locker und ehrlich? Eben war ich doch noch der Bastard, Mr. LaLaurie.« Er verlieh dem Namen einen so abwertenden Klang, dass es Tara fröstelte.

Alexander übernahm wieder: »Gut, dann eben Klartext, Bastard: lass die Pfoten von meiner Tochter. Sie war so dämlich, auf dich reinzufallen, aber ich weiß zu verhindern, dass ihre Dummheit meinen Sohn ruiniert.«

Tara wollte etwas sagen, aber bei den Worten ihres Vaters kam ihr die Galle hoch und Julien war schneller.

»Was für ein Vater redet so von seiner Tochter? Doch nur einer, der auf emotionaler Linie komplett versagt hat. Einer, dem es irgendeiner fragwürdigen Ehre wegen bloß um seinen Sohn geht.« Nach einer bedeutungsvollen Pause sagte er: »Der ein Mörder ist.«

Savannah, die aufgestanden, bisher allerdings im Hintergrund geblieben war, schaltete sich mit schriller Stimme ein. »Monster«, schrie sie, »Untersteh dich, mein Kind einen Mörder zu nennen!«

Julien wandte sich zu ihr um. »Und welche Mutter lässt zu, dass eines ihrer Kinder das andere schlägt?«

»Das hat mein Ben nie getan«, konterte Savannah. »Das hat dieses undankbare Balg erfunden.

135

Sie ist nicht mal meine Tochter, und Ben hätte sie nie angerührt.«

»Mehr als einmal.« Tara legte eine Hand auf die Brust, wie um ihre Stimme zu festigen, doch die zitterte bei jedem Wort. »Nicht nur mich, sondern auch Janet und wer weiß, wen noch. Aber ihr wart blind dafür, wie für vieles, für seinen Drogenkonsum und dass er euch ausnutzt.«

»Sei still!« Savannah hob die Hände an die Ohren.

Tara ignorierte sie und richtete sich an ihren Vater, der vor Zorn zu explodieren drohte.

»Ich habe keine Sekunde daran gezweifelt, dass Ben Janet ermordet hat«, sagte sie. »Aus diesem Grund solltest du dir lieber wünschen, dass ich nicht mit der Presse spreche. Und jetzt gehst du besser!«

Alexander blieb und starrte sie an, obwohl Savannah aufstand und an ihm vorbeitrippelte. Sie wollte ihn mit sich zerren, doch er schüttelte sie ab. Allein wagte sie sich nicht aus dem Haus und wartete an der Tür. Er ignorierte sie und beachtete nicht einmal Julien; seine ganze Aufmerksamkeit galt Tara.

»Vor ein paar Tagen hat ein alter Freund seinen Geburtstag in einer Bar gefeiert«, murmelte er, »und ich hatte das Vergnügen neuer Bekanntschaften.«

Tara hob fragend die Brauen.

»Unter anderem mit einem gewissen Peter Cohen.« Das ließ er so stehen, ging zur Tür und öffnete sie für seine Frau. Ohne einen Blick zurück verließ er das Haus nach ihr.

Tara stand aber wie angewurzelt im Zimmer. Sie hörte Julien hinter sich, spürte bald seine Nähe. Er legte die Arme um sie, und sie lehnte sich gegen ihn.

»Ich wusste nicht, dass sie nicht deine richtige Mutter ist«, sagte er.

»Was für eine Rolle spielt es schon?«, antwortete sie. »Er ist mein richtiger Vater, na und? Wo ist der Unterschied?«

Julien ließ das unkommentiert. »Und wer ist Peter Cohen?«, fragte er.

Die Unruhe, die Tara bei den Worten ihres Vaters nur leise gespürt hatte, breitete sich in ihr aus. Sie musste sich bewegen und hielt es nicht einmal in Juliens Armen aus. Behutsam machte sie sich los und wandte sich zu ihm um.

»Was ist los?« Besorgt runzelte er die Stirn. »Wer ist das?«

Tara zwang die Worte über ihre Lippen: »Der Dekan meiner Fakultät.«

***

Julien war auf der Couch eingeschlafen. Sein Jackett lag über der Lehne, der oberste Knopf seinen Hemdes war aufgeknöpft, seine Krawatte gelockert. Ein Arm ruhte auf seinem Bauch, der andere neben ihm auf dem Polster, seine langen Beine hingen über die andere Armlehne herunter. Die Schuhe saßen noch an seinen Füßen, obwohl er die Schnürsenkel irgendwann geöffnet hatte. Sein Kopf war zur Seite geneigt, sein Mund locker geschlossen, seine dunklen Haare vom vielen Raufen zerstruwwelt. An seiner Seite, dicht an ihn gekuschelt, zwischen Arm und Körper lag Shadow und schlief ebenfalls. Wieder schnurrte er laut, doch diesmal war er völlig entspannt. Lediglich das Zucken seines Rückenfells verhieß eine leise Wachsamkeit.

Tara wunderte sich, dass der Kater Julien prompt so zugetan war. Seit der sich auf die Couch gesetzt hatte, war er kaum von seiner Seite gewichen, hatte mit ihm geschmust und ihn so verliebt angeschaut, dass Tara gut hätte eifersüchtig werden können. Das Bild, das die beiden zusammen abgaben, ließ allerdings keine Raum für Eifersucht. Julien und der Kater lagen da, als sei es einer von vielen Abenden, an denen sie zusammen abgehangen hatten und vor lauter Gemütlichkeit eingepennt waren.

Die Realität rund herum war leider alles andere als gemütlich. Bevor Julien hergekommen war, hatte er ein langes Gespräch mit der Staatsanwältin geführt, die seine Beziehung zu Tara natürlich für bedenklich hielt. Ähnlich war es mit der Familie des Opfers, der er im Anschluss einen Besuch abgestattet hatte. Wie erwartet, waren die Hendrics irritiert und wussten nicht, ob sie Julien glauben und ihm weiter vertrauen konnten. Tara hatte Mitgefühl für sie, schließlich hatten sie zuerst den schrecklichen Verlust Janets hinnehmen müssen und nun befürchteten sie, von einer Vertrauensperson enttäuscht und verraten zu werden.

Der Presse gegenüber hatte Julien sich noch nicht geäußert. Einmal hatten Reporter an der Haustür geklingelt, ein paar Mal mehr auf dem Festnetz angerufen. Irgendwann, um Ruhe zu haben, hatte sie den Stecker aus der Dose gezogen, und wenig später war Julien eingeschlafen. Jetzt musste sie ihn wecken. Erledigt wie er war, würde er wohl auf der Couch durchschlafen, am nächsten Morgen aber gerädert sein.

Als sie sich über ihn beugte, wurde Shadow munter, streckte sich und gähnte. Tara gab Julien einen Kuss auf die Wange und raunte ihm ein »Zeit ins Bett zu gehen« ins Ohr.

Er blinzelte, drehte den Kopf und sah sie an. Beim Blick in seine Augen konnte sie praktisch zuschauen, wie er sich an die Ereignisse der vergangenen Stunden erinnerte und emotional stumm wurde. Dann räkelte er sich, setzte sich auf und tätschelte Shadows schwarzen Kopf.

Tara nahm Juliens Hand und führte ihn ins Schlafzimmer.

KAPITEL 10

Der Tag sollte nicht beginnen. Es sollte Nacht bleiben für eine Weile, süße, sorgenfreie Nacht und stille Dunkelheit. Tara wollte ihr Bett, das schützende Nest, nicht verlassen, die Jalousien nicht öffnen, nichts und niemanden sehen. Nur Julien. Sie wollte seinen Planeten nicht gegen die andere Welt eintauschen, heute noch weniger als in vergangenen Zeiten.

Mit einem lautlosen Seufzen kuschelte sie sich dichter an seine Wärme, streichelte sachte über seine Haut und musste lächeln, weil seine Wimpern zu flattern und seine Finger auf der Decke zu zucken begannen. Er verließ sein Traumland, befand sich noch zwischen den Welten.

Sie beschloss, ihm eine besondere Ankunft zu bereiten. Leise stützte sie sich auf und hauchte einen Kuss auf seinen Mund, schob sich dann langsam über ihn und verteilte mehr Küsse auf seiner Haut. Von seinem Kinn aus ließ sie ihre

Lippen über seinen Hals und seine Brust wandern, wobei sie bald unter der Bettdecke verschwand. Ihre Hände waren dem Mund immer ein bisschen voraus; sie streichelten über Juliens festen Bauch und spürten den Schauder, der über seine Haut prickelte. Als sie ihm die Shorts von den Hüften zog, hob er den Po, um es ihr leichter zu machen. Sie hörte sein Murren, als sie sein Glied, das schon ein bisschen erigiert war, zwischen die Lippen nahm und mit der Zunge verwöhnte. Zu spüren, wie es in ihrem Mund anschwoll und hart wurde, machte sie so an, dass sie ihr Becken nicht stillhalten konnte, also schob sie eine Hand in ihre eigene Shorts, zwischen ihre Beine, um auf das Drängen zu antworten. Nicht allzu lange hielt sie es aus und entließ Juliens inzwischen prallen Schaft aus ihrem Mund, um sich an ihm hochzuküssen und unter der Decke hervorzukrabbeln. Währenddessen entledigte sie sich ihrer Unterhose.

Juliens Augen waren noch geschlossen. Seine Hände begrüßten sie aber, indem sie über ihren Rücken fuhren und sich auf ihren Hintern legten. Tara brachte ihre Mitte über seine, setzte sich dann auf ihn und nahm ihn in sich auf. Sie liebte ihn langsam und ohne einen Laut, nicht einmal ein Flüstern kam über ihre Lippen. Julien blieb ebenfalls still. Er drehte den Kopf zur Seite in das Kissen und umfasste ihre Hüften, um sie länger unten zu halten und seinen Schaft für den Moment tiefer in ihr zu lassen.

Tara genoss seinen Anblick. Sie selbst brauchte gerade keinen Orgasmus, sondern wollte Julien lediglich nahe spüren und ihn zum Höhepunkt bringen. Als es geschah, als er den Rücken durchbog und die Muskeln anspannte, beugte sie sich zu ihm hinab, um sein leises Keuchen in einem Kuss einzufangen.

Sie blieb über ihm und beobachtete, wie er sich wieder entspannte. Er öffnete die Augen und blinzelte sie verschlafen an.

»Guten Morgen«, sagte er mit einem Lächeln.

»Guten Morgen«, antwortete Tara in der Hoffnung, dass es einer werden würde.

***

Für die Zweitsemestler stand eine Diskussion über das A als sich wandelndes Symbol in Hawthornes Roman *Der Scharlachrote Buchstabe* auf dem Plan. Die Studenten hatten schon weniger interessante Themen analysiert. Dass eine ungewohnt überschaubare Zahl im Hörsaal saß und ein paar Studenten aufstanden und gingen, als Tara begann, lag nicht am Inhalt der Vorlesung. Daran gab es keinen Zweifel.

Tara empfand es als traurige Ironie, dass sie diesen Roman gerade jetzt behandelte, und sie erinnerte sich ein bisschen wehmütig an die Stunde in der Bibliothek, als sie mit der Vorbereitung begonnen und nichts von den Wendungen geahnt hatte. Jetzt war sie selbst eine Frau, die von der Öffentlichkeit beobachtet und bewertet wurde, weil sie einen Mann liebte, den sie nicht lieben durfte. Sie trug keine spezielle Kennzeichnung, natürlich nicht, sie fühlte sich aber dennoch, als sei ihr ein Buchstabe aufgedrückt worden.

Die Notiz, die sie nach der Vorlesung in ihrem Postkasten fand, wunderte sie nicht. Im Gegenteil, sie hatte damit gerechnet, noch heute zur Inhaberin des Lehrstuhls gebeten zu werden, war prinzipiell darauf eingestellt – und doch überhaupt nicht. Ihr Magen murrte vor Aufregung und Hunger, als sie sich zum Büro der Professorin aufmachte.

Prof. Dr. Jody Carter hatte den Lehrstuhl der Amerikanischen Literaturwissenschaft seit zehn Jahren inne. Nachdem Tara das Studium abgeschlossen hatte, war sie von ihr als wissenschaftliche Mitarbeiterin eingestellt worden, und mit der Promotion hatte sie die Stelle der Dozentin erhalten. Ihr Verhältnis war gut, denn die beiden Frauen teilten nicht nur die Passion für Literatur, sondern hatten auch ähnliche Ansichten zum Umgang mit den Studenten und zur Gestaltung des Universitätsalltags. Differenzen hatte es kaum gegeben, und Tara wünschte sich, das könnte so bleiben. Außerdem wollte sie mit ihrem Job das Vertrauen ihrer Kollegen und Studenten behalten und deshalb ganz offen sprechen.

Professor Carter bat Tara in ihr Büro. Sie ging hinter ihren Schreibtisch, nahm auf ihrem abgewetzten Ledersessel Platz und bot ihr den vor dem Tisch stehenden Stuhl an.

»Sicher wissen Sie, weshalb ich mit Ihnen reden möchte«, begann sie und setzte ihre Brille ab, klappte sie zusammen und behielt sie in der Hand. »Verwirrende Neuigkeiten gab es gestern zu lesen, und ich hoffe, Sie können mein Verständnis ankurbeln.«

Ob bewusst oder nicht, Professor Carter hatte das perfekte Wort gewählt, und Tara betete im Stillen, dass sie nicht nur verstehen, sondern auch Verständnis haben würde. Kurz und sachlich erzählte sie von ihrem Verhältnis zu Ben und gab zu, dass die Schuldfrage für sie längst beantwortet war. Dann kam sie auf Julien zu sprechen, wobei sie ungewollt emotional wurde.

»Es war klar, dass unsere Beziehung auf Ablehnung stoßen würde«, sagte sie und versuchte locker zu bleiben. »Unsere größte Angst war das. Nicht, weil uns die Meinung der Öffentlichkeit kümmert, sondern weil es uns zerstören könnte. Eben deshalb sollte es eigentlich nie beginnen. Monatelang habe ich versucht, ihn zu vergessen.«

Professor Carter blieb still. Sie betrachtete Tara aufmerksam, aber ohne bestimmte Regung in der Miene. Sie schien relaxt, und Tara war alles andere als das. Ein paar Muskeln begannen zu schmerzen, insbesondere die in den angezogenen Schultern, also korrigierte sie ihre Körperhaltung und fuhr fort:

»Der Verstand hat bei sowas wie Liebe wenig zu melden, und irgendwelche ohnehin zweifelhaften Moralvorstellungen spielen überhaupt keine

Rolle. Ich hätte mich weiterhin mit allen Kräften wehren können, gegen den Willen meines Herzens, und dann gäbe es diese Diskussion heute nicht, aber vielleicht würde mich der Aufwand so anstrengen, dass ich keine Lebens- und Schaffensenergie mehr hätte.«

Professor Carter schien darüber nachzudenken. Sie wandte den Blick ab und sah aus dem Fenster. Etliche Sekunden tickten mit dem Geräusch der Wanduhr dahin, bis sie sich wieder an Tara wandte und einen Gedanken äußerte: »Vielleicht würde es helfen, das alles der Öffentlichkeit zu erzählen.«

Tara fand die Vorstellung widerlich. »Wenn ich nur daran denke, mich vor der Presse zu rechtfertigen und zu erklären, wie es wirklich ist, wird mir schlecht. Die Verwandtschaft zu Ben LaLaurie nimmt mir mein Recht auf eigene Gedanken, auf meine Privatsphäre, auf die Freiheit zu fühlen und zu handeln.«

»Die Spekulationen der Presse sind doch aber auch nachvollziehbar, oder nicht?«

»Dass Julien von den LaLauries gekauft wurde? Wären er und ich in diesem Fall nicht ziemlich dumm, uns vor Prozessende zusammen sehen zu lassen?«

Die Professorin wiegte den Kopf. »Jeder macht mal Fehler.«

Tara spürte, wie sich Enttäuschung in ihr ausbreitete. Mit der Vehemenz einer kalten Flut stieg sie aus dem Magen in ihre Brust.

»Sie glauben mir also nicht«, sagte sie und bewahrte sich davor, aufzustehen und zu gehen.

Die Professorin hob die Hände – eine beschwichtigende Geste, weil sie Taras Stimmung wahrnahm. »Ich glaube Ihnen. Ich meine, Sie lange genug zu kennen und gut einschätzen zu können. Allerdings sehe ich auch die andere Seite, die Angst und Wut der Bevölkerung, die Sensationslust der Presse. Heute Vormittag hat mich der Dekan zu einer Unterhaltung gebeten und gemeinsam haben wir überlegt, wie reagiert werden kann, um größeren Schaden abzuwenden.«

Tara hatte es geahnt. Alexander LaLaurie hatte keine Zeit verschwendet.

»Größeren Schaden abwenden … von wem?«

»Vor der Universität natürlich, vor dieser Fakultät. Das liegt in unserer Verantwortung.«

»Natürlich«, presste Tara zwischen den Zähnen durch und wappnete sich, zu hören, was sie nicht hören wollte.

»Der Dekan wollte, dass Sie die UNO verlassen. Ich halte einen Urlaub für sinnvoller und konnte ihn glücklicherweise überzeugen. Nehmen Sie sich frei, auf unbestimmte Zeit, bis Ruhe eingekehrt ist.«

»Das kann Monate dauern«, keuchte Tara. »Der Prozess beginnt doch erst.«

»Natürlich, und ich entbehre Sie wirklich ungern, Tara, dessen müssen Sie sich bewusst sein.«

Tara wollte noch etwas entgegnen, doch sie klappte den Mund zu, denn sie wusste, dass kein

Einwand etwas bringen würde. Außerdem wurden gerade alle Argumente aus ihrem Kopf geweht, vom Schock verscheucht. Irgendwann stand sie vor ihrem eigenen Büro und fragte sich, wie sie dorthin gekommen war.

***

Die Reporter und Fotografen, die Tara am Morgen vom Haus bis zur Universität gefolgt waren, hatten ihren Posten aufgegeben. Der Grund dafür lag auf der Hand: Julien gab eine Presseerklärung ab. Die wollte niemand verpassen. Tara nutzte den günstigen Moment, um einzukaufen.

Katzenfutter stand zuoberst auf dem Zettel. Wein, Waschmittel und *irgendwas zu essen* wollte sie außerdem kaufen und schob den Wagen in einen Gang des Supermarktes, als sie angerempelt wurde. Verärgert wandte sie sich um, und sah sich einer älteren Frau gegenüber, die sie böse anblitzte. Offenbar hatte sie ihr den Einkaufskorb, den sie trug, nicht ganz versehentlich in die Seite gerammt.

Mit einem elenden Gefühl im Bauch ging Tara weiter, so verwirrt, dass sie den Wagen am Waschmittel vorbeischob. Das Flüstern, das von allen Seiten herandrang, wurde lauter. Die Leute verloren die Hemmung, weil sie sich in einer Gemeinschaft fühlten, und irgendwann hörte Tara eine Stimme »Dass die sich her traut« sagen. Dann prasselten die Beschimpfungen auf sie ein:

»In eine Zelle mit ihrem Bruder gehört sie!«

»Verräterin!«

»LaLaurie-Dreckspack!«

»Aus der Stadt jagen sollte man die Hure!«

Tara hielt den Atem an. Sie war stehen geblieben, starrte vor sich hin und wagte nicht, sich umzuschauen. Sie wollte die Leute nicht ansehen, denn sie hatte Angst, dass sie dadurch noch wütender wurden und sie nicht nur verbal angriffen. Ein abermaliger Anrempler zwang sie aber den Blick zu schärfen.

Sie war geradezu umzingelt, stand eingekreist von Frauen und Männern, Alten und Jungen, die sie mit hasserfüllten Mienen anstarrten, die Arme verschränkt, die Hände in die Seite gestemmt, die Münder formten mehr schreckliche Worte. Auf der Suche nach einem Weg aus dem Supermarkt, drehte Tara sich um, doch sie entdeckte nur mehr Menschen.

In die Beleidigungen tönte plötzlich eine vertraute Stimme, und wenig später sah Tara Ethan, der sich mit gezückter Dienstmarke zu ihr durchdrängelte. Bald war er bei ihr, legte den Arm um ihre Schultern und führte sie an den jetzt schweigenden Menschen zum Ausgang. Die an den Kassen sitzenden Verkäuferinnen hatten nichts zu tun, da kein Einkäufer bezahlen und das Spektakel verpassen wollte. Ihre Blicke waren nicht freundlicher.

Ehe Tara sich versah, saß sie in Ethans Pickup. Er startete den Motor, fuhr los und passierte ihr Auto, das in der dritten Reihe parkte.

»Halt an, lass mich aussteigen!«, sagte sie in unweigerlich schroffem Ton, denn sie konnte ihm nicht dankbar sein. Seine Anwesenheit bedeutete, dass er sie immer noch beobachtete.

Die Sache mit der Dankbarkeit griff er aber auf: »Wie wäre es mit einem *Toll, dass du da warst, Ethan!*«

Tara schnaubte. »Machst du Witze? Wir wissen beide, warum du dort warst. Nicht zu meinem Schutz. Hast du eigentlich nichts anderes zu tun?«

Ethan schob sich die Sonnenbrille auf die Nase. »Ich bin nur wenigen Leuten Rechenschaft schuldig«, brummte er gelassen. »Und du bist keiner von denen. Wenn ich im Außendienst bin, bin ich im Außendienst. Punkt.«

»Ich will aussteigen!«

»Und ich möchte das nicht. Wollen wir drum knobeln oder überlässt du die Entscheidung demjenigen hinter dem Steuer?«

Tara platzte beinahe. »Sag mal, spinnst du? Deine Arroganz stinkt zum Himmel und …«

Ethan unterbrach sie. »Spar dir den Atem für deine Studenten, Miss PhD! Denk dran, wer dich gerade aus dem eigens verursachten Schlamassel geholt hat und sei dankbar!«

»Den Teufel bin ich. All das Drama hab ich nur dir zu verdanken. Wir sind aus der Stadt gefahren, weil du uns auf der Pelle gehockt hast. Du warst wo auch immer ich war, und offenbar bist du das noch immer.«

Ethan schwieg dazu. Er bog von der Hauptstraße ab und lenkte den Wagen durch eine Straße, deren protzige Villen miteinander zu wetteifern schienen. Amerikanische Flaggen wehten stolz von blendend weißen Veranden und die Hecken der Vorgärten waren akkurat getrimmt.

»Wohin fahren wir?«, fragte Tara, obwohl sie es bereits wusste.

»Zu deinen Eltern natürlich, wohin sonst?«

Das war der letzte Ort auf Erden, an dem sie sein wollte, doch Ethan maß seinem Handeln einen Sinn bei.

»Es wird Zeit, dass ihr euch aussprecht«, sagte er. »So kann das nicht weitergehen.«

»Ethan, offenbar ist dir nicht klar, dass mein Vater und ich prinzipiell nie miteinander gesprochen haben.«

»Schlimm genug und höchste Zeit damit anzufangen. Schon mal drüber nachgedacht, wie schwer es für ihn gewesen sein muss, dich ganz allein aufzuziehen?«

Tara starrte ihn an. »Weißt du, was er gerade bewirkt hat? Dass ich beurlaubt bin. Eigentlich wollte er, dass ich meinen Job als Dozentin ganz verliere.«

Ethan blieb bei seiner Überzeugung. »Das kommt alles davon, wenn man nicht miteinander redet.«

Nicht nur fiel Tara kein Wort mehr ein, sie hatte außerdem keine Lust, diese Diskussion fortzuführen. Es war sinnlos, denn Ethan wäre nicht von seiner Überzeugung abzubringen. Als er vor der LaLaurie-Villa parkte, wollte sie zuerst im Wagen bleiben. Sie stieg aus, um das Gefühl des trotzigen Kindes abzuschütteln und hasste es, ihr eigenes Verhalten so zu empfinden. Ethans Verdienst war das. Ein für alle Mal musste sie ihm klarmachen, dass sie in Ruhe gelassen werden wollte, von ihm wie von ihren Eltern, doch sie wollte es mit dem Niveau der erwachsenen Frau tun. Unmöglich war das, wenn sie im Auto hocken blieb oder jetzt das Weite suchte.

Sie ließ nicht zu, dass Ethan sie zur Haustür führte, sondern ging voran und klingelte. Er schloss zu ihr auf und wartete neben ihr.

Neneh öffnete und nickte zum Gruß. »Hallo Miss Tara und Mister McAllister«, sagte sie mit ihrem schweren Akzent und trat zurück, um sie beide eintreten zu lassen. »Mister und Misses LaLaurie sehen fern.«

Alexander und Savannah sahen sich Juliens Presseerklärung an. Als Tara und Ethan eintraten, schenkte Alexander ihnen kaum einen Blick und Savannah grüßte lediglich Ethan mit einem geflüsterten Hallo. Tara biss sich auf die Lippe, um die Klappe zu halten. Sie verkrümelte sich in eine Ecke, setzte sich auf eine Sessellehne und konzentrierte sich auf den TV-Bildschirm.

Mit erstaunlicher Geduld begegnete Julien der Angriffslust der Fragesteller. Sie provozierten ihn und versuchten, ihm ein Geständnis zu entlocken. Weil er nicht lügen musste, trat er absolut sicher auf und erklärte, dass er und sie sich bereits vor dem Mord an Janet Hendric kennen gelernt hatten, unwissend, wer der andere war. Ohne die Miene zu verziehen bestritt er, für Alexander LaLaurie zu arbeiten und beschrieb das Verhältnis als von einer tiefen, gegenseitigen Abneigung geprägt. Auf die Frage nach deren Ursprung zögerte er zuerst und erzählte schließlich von der Verurteilung und Hinrichtung seines Vaters. Die Zuhörer wurden unruhig und schleuderten ihm mehr Provokationen entgegen. Auf eine davon, die prinzipiell gewichtigste, reagierte er mit einer Gegenfrage:

»Meinen Sie nicht, was damals geschehen ist, hätte mich höchstens dazu bewegt, gegen den Mann zu arbeiten, der die Hinrichtung meines Vater unterzeichnet hat?«

Von Alexander kam ein Knurren, und Savannah ließ einen verächtlichen Laut hören. Im Augenwinkel bemerkte Tara, dass ihre Stiefmutter und Ethan sie beobachteten, doch sie behielt den Blick auf dem Bildschirm, wo Julien weitersprach. Über sie nämlich und dass sie nicht wirklich Teil der LaLaurie-Familie war, wobei seine Stimme die Sachlichkeit verlor und einen warmen Klang bekam. Tara fröstelte, weil sie gerührt war, da schaltete ihr Vater den Fernseher aus und wandte sich an sie.

»Ich habe dir ein Angebot zu machen.«

Tara verschränkte die Arme vor der Brust, denn das Frösteln wurde unangenehm. »Tatsächlich? Willst du deinem neuen Freund Peter Cohan etwa zuflüstern, dass ich wieder dozieren darf?« Sie schnaubte. »Vorausgesetzt natürlich ich trenne mich von Julien.«

Alexander verzog den Mund. »Du weißt, wie wenig ich von deinem Job halte, also werde ich mich kaum dafür einsetzen. Da du nun aber arbeitslos bist, werde ich dich unterstützen.«

Er stand auf und ging zum Fenster, um ihr wieder einmal den Rücken zuzukehren. Seine eigene Idee schien ihm selbst so wenig zu gefallen, dass er keinen Blickkontakt ertrug.

»Fünfhunderttausend Dollar«, sagte er und schob die Hände in die Taschen seiner Anzughose, »wenn du ein Interview in einem von mir ausgewählten Journal gibst und erzählst, dass dich Cavanaugh getäuscht hat.«

Das war nicht nur eine dreiste, sondern auch eine vollkommen lächerliche Forderung, die sie in anderer Form schon einmal ausgeschlagen hatte. Tara wollte es erneut tun, da sprach ihr Vater weiter:

»Fünfhunderttausend Dollar obendrauf, wenn du Ethan heiratest.«

Ihr Schreck war so gewaltig, dass ihr Herz ein paar Schläge aussetzte. Sobald es wieder im Takt war, brodelte Wut in ihr hoch.

»Was soll der Scheiß?«, hörte sie von Ethan.

Alexander warf ihm einen Blick über die Schulter zu. »Was denn? Du hast sie doch gefragt, und sie hat abgelehnt.«

»Schon, aber ich lass mich nicht verkaufen …«

»So ist da ja gar nicht gemeint«, mischte sich Savannah ein.

»Habt ihr Julien eben gehört?«, entfuhr es Tara in einem knurrigen Ton, mit dem sie ihren Zorn unter Kontrolle hielt.

Alexander drehte sich um und betrachtete sie, als sei sie ein Stück Dreck, dem er Almosen hinwarf. Savannah runzelte die Brauen. Ethan sagte: »Klar und deutlich, wieso?«

»Gut, dann wisst ihr, wieso ich weder das eine noch das andere jemals tun werde.« Mit der letzten Zurückhaltung funkelte sie ihren Vater an. »Auch nicht wenn du dein Angebot verzehnfachst. Spar die das Geld für deinen Sohn und all die Leute, die für ihn lügen.«

Sie stand auf. »Einen Bruder habe ich schon eine Weile nicht mehr. Ab heute auch keinen Vater.« Ihr Blick an Savannah besagte, dass sie nie eine Mutter gewesen war.

Sie stürmte aus dem Zimmer und verabschiedete sich von Neneh, die den Boden des Foyers wischte, mit einer Umarmung. Ethan holte sie ein. Er hielt sie am Arm fest und sagte, dass er ebenfalls verschwinden und sie nach Hause bringen würde. Sie machte sich los, ließ ihn bei seinem Wagen stehen und lief die Straße hinab.

KAPITEL 11

Tara fühlte sich so unsicher wie nie zuvor im Leben. Keine Prüfung, keine Herausforderung, nichts hatte ihr je solche Nervosität beschert. Mit ein paar Blicken rund herum versicherte sie sich, dass kein Pressemensch in der Nähe war, dann zog sie die Mütze ab, schob die Sonnenbrille auf den Kopf und stieg die unter ihren Schritten knarzenden Holzstufen hinauf zur Veranda.

Sie hatte Julien nicht in ihren Plan eingeweiht. Vielleicht, weil er ihr abgeraten hätte, vielleicht auch, weil er am Abend zuvor total erledigt aus dem Büro gekommen war. So hatten sie lediglich über ihre Beurlaubung und das schreckliche Gespräch bei ihren Eltern gesprochen, dann waren sie zu Bett gegangen. Am Morgen war er früher als sonst zum ersten von vielen Terminen verschwunden.

Als sie auf die Klingel drückte, kroch Angst in ihr hoch. Tara befürchtete, sich lächerlich zu machen, weil sie erst jetzt und ausgerechnet jetzt kam. Sie stellte sich darauf ein, dass man ihr die Tür vor der Nase zuschlug. Im schlimmsten Fall würde man sie beschimpfen, angreifen und davonjagen wie einen räudigen Köter. Vielleicht würde man sogar die Polizei rufen. In Ethans Zuständigkeit fiel dieser Teil der Stadt glücklicherweise nicht, also würde ihr wenigsten die Peinlichkeit erspart werden, mal wieder in seinen Zellen zu landen.

Ein Mann öffnete. Er musterte sie mit ausdrucksloser Miene, und als er sie erkannte kniff er die Lippen zusammen und schien ein paar Zentimeter zu wachsen, weil er sich vor Empörung aufrichtete. Tara redete los, bevor er etwas sagen konnte.

»Mr. Hendric, ich kann mir vorstellen, dass ich Sie sehr überrasche …« Falsch und dumm klang das alles, aber richtige und intelligente Worte gab es nicht für eine Situation wie diese. »Ich hätte eher kommen sollen, habe das aber nicht über mich gebracht.«

Er wollte die Tür schließen.

»Bitte«, entfuhr es Tara. Flehender. Ihm Reflex schnellt ihr Arm vor, um die Tür aufzuhalten. »Bitte geben Sie mir die Chance mit Ihnen zu sprechen.«

Mrs. Hendric erschien hinter ihrem Mann und musterte Tara. »Lass Sie rein, Albert«, sagte sie.

Er trat zurück und forderte Tara mit eisiger Miene und einem Nicken auf, einzutreten. Tara reichte ihm die Hand und sagte ihren Namen, nur den Vornamen. Nach einem Zögern erwiderte er den Handschlag. Auch seine Frau begrüßte sie und ließ sich von ihr in die Küche führen, wo zwei Kaffeetassen auf dem Tisch standen. Die Hendrics setzten sich, ohne ihr Kaffee anzubieten und betrachteten sie abwartend.

»Ich weiß nicht, ob Janet Ihnen von mir erzählt hat«, begann sie. »Wir sind uns nur einmal begegnet.«

Die Hendrics schüttelten die Köpfe und Tara schlussfolgerte, dass sie in diesem Fall nichts von Bens körperlichem Angriff auf Alexanders Geburtstagsfeier wussten. Weil sie das nicht ändern wollte, suchte sie nach einem anderen Beginn. Ihr Entschluss herzukommen war so spontan gewesen, dass sie sich keine besondere Rede zurechtgelegt hatte.

»Wie dem auch sei, ich mochte Janet sehr. Ich glaube, wir waren uns sympathisch, und ich war zutiefst schockiert, als ich erfuhr, was ihr geschehen war.«

Mr. Hendrics Mund zuckte, als wollte er sie unterbrechen, während in die Augen seiner Frau Tränen traten, also fuhr Tara schnell fort:

»Sie müssen wissen, dass mein Nachname die einzige Gemeinsamkeit zwischen mir und Ben LaLaurie ist. Ihn und mich verbindet nichts, und ich habe einigen Grund ihn zu verabscheuen …«

»Warum erzählen Sie uns das?«, fiel ihr Mr. Hendric ins Wort.

Tara musste die Antwort nicht bedenken.

»Ich würde Ben LaLaurie nie verteidigen, denn ich halte ihn für schuldig. Ich bezeichne ihn nicht einmal mehr als meinen Bruder und habe den Kontakt zu meinen Eltern abgebrochen, weil die von mir erwarten, zur Familie zu stehen.« Sie schüttelte den Kopf, sah zwischen den beiden traurigen Menschen hin und her. »Das kann und will ich nicht. Ich lüge nicht.«

»Wir wollen, dass er bestraft wird«, presste Mrs. Hendric zwischen den Lippen durch und wischte sich eine Träne von den Wangen. Ihr Mann nahm ihre Hand und streichelte sie.

»Wir wünschen uns, dass er leidet«, sagte er, »dass er nie mehr im Leben so etwas wie Glück empfindet und keinem Menschen mehr schaden kann.«

»Dann vertrauen Sie auf Ihren Anwalt.«

Schweigen war die Antwort. Begleitet von Blicken, die mal zweifelnd und mal feindselig waren, zog es sich in die Länge, bis Mr. Hendric wieder sprach.

»Er war hier, kurz nachdem das zwischen ihnen beiden bekannt wurde, und hat uns um unser Vertrauen gebeten. Wir brauchen Zeit, darüber nachzudenken …«

»Eigentlich haben wir gestern Abend beschlossen, einen anderen Anwalt zu beauftragen«, sagte Mrs. Hendric, wobei sie jedoch klang, als stellte sie diese Entscheidung jetzt in Frage.

Tara sah die erhoffte Chance.

»Tun Sie das nicht, bitte! Ich bin überzeugt, dass sich kein anderer Anwalt im ganzen Land so sehr für Ben LaLauries gerechte Bestrafung engagieren wird. Julien hatte nur dieses eine Ziel, und weil das so war, hätte es unsere Beziehung beinahe nie gegeben. Wir hatten große Zweifel und Ängste.«

»Das hat er auch behauptet«, murmelte Mr. Hendric.

»Glauben Sie ihm und mir auch, bitte.« Sie legte die Hand auf ihr Herz. »Hören Sie auf das hier und bedenken Sie es in Ruhe. In der Presse stehen nichts als Spekulationen, die von keiner Seite Bestätigung erfahren werden.«

Tara spürte, dass es Zeit war zu gehen. Sie stand auf. »Julien weiß nicht, dass ich hier bin. Er muss das nicht erfahren, außer Sie möchten es ihm sagen. Danke auf jeden Fall, dass Sie mir zugehört haben.«

Die Hendrics begleiteten sie zur Tür. Als Mr. Hendric öffnete, um sie aus dem Haus zu lassen, huschte ein Lächeln über seine Lippen, gefolgt von einem »Danke für Ihren Besuch.«

Tara verabschiedete sich von dem Paar, schob die Sonnenbrille wieder auf die Nase und setzte die Mütze auf. Ziemlich erleichtert ging sie zum Auto und atmete durch, sobald sie hinter dem Lenkrad saß. Einen Moment lang wusste sie nicht wohin, denn auf zu Hause hatte sie so gar keine Lust. Sie sah zur Uhr im Cockpit, deren Ziffern in Richtung fünf tickten, und beschloss, zum

Missi Spirits zu fahren, wo Kat gerade den Dienst angetreten haben musste. Ein Drink zur Beruhigung und Kat zum Reden – das klang nach der einzig vernünftigen Lösung für den Vorabend.

***

Der erste Gin Tonic diente tatsächlich der Beruhigung. Mit dem zweiten machte Tara ihrem Ärger über Alexanders unerhörtes Angebot Luft. Beim dritten schickte sie die Presse zum Teufel. Auf Professor Carter, die Meute im Supermarkt und die Studenten, die ihre Vorlesung boykottiert hatten, wurde bei Nummer vier geschimpft. Während des fünften Gin Tonic rief Julien an und sagte ihr, dass er bis spät im Büro sein und danach sicher todmüde in sein eigenes Bett fallen würde. Den sechsten Drink schob Kat über den Tresen und beschloss, dass es der letzte sein würde, also trank Tara aus und verabschiedete sich nach Hause. Das Auto ließ sie natürlich stehen und rief sich ein Cab, dessen Fahrer sie nach wenigen Blocks erkannte und rauswarf. LaLaurie-Brut transportierte er nicht und wollte nicht mal die zwei Dollar für die schon gefahrenen Meter haben.

Ein bisschen beleidigt und ziemlich beschwipst stand Tara auf der Rampart Street und schaute sich um. Dann fummelte sie Sonnenbrille und Mütze aus der Tasche und meckerte mit sich selbst, weil sie so dumm gewesen war, die nicht gleich aufgesetzt zu haben. Nun besser getarnt, wollte sie ein neues Cab anhalten, da wurde ihr klar, dass sie ganz in der Nähe des Cemetery I war. Kurzerhand beschloss sie, dem Friedhof einen Besuch abzustatten. Über die Mauer steigen und zwischen den Gruften spazieren wollte sie nicht, denn Ethans Behauptung, dass sie damit einen Einbruch beging, war ziemlich nachvollziehbar. Das Mauersitzen und den nächtlichen Ausblick auf das Gelände wollte sie sich aber einfach nicht verbieten lassen. Gegebenenfalls erhobene Anschuldigungen würde sie anfechten, entschied sie, als sie den Friedhof erreichte, schließlich war ihr Freund ein Anwalt, dem sicher noch Argumente einfielen, wenn ihre eigenen ausgingen.

Von der Summe der Unannehmlichkeiten verärgert vor sich hinmurmelnd, suchte sie in der Dunkelheit nach einem Gegenstand, der ihr beim Erklimmen der Mauer helfen würde, und ahnte nicht, dass sie beobachtet wurde. Wie gewohnt wurde sie beim Schrotthandel fündig und schleppte eine Obstkiste heran, stellte sie hin, stieg darauf und stemmte sich auf die Mauer. Gerade wollte sie es sich bequem machen, da blitzte es – nicht aus dem Himmel, sondern aus Richtung Boden. Tara drehte sich um und entdeckte zwei Leute direkt unter ihr auf dem Gehweg. Der Mann visierte sie mit der Kamera an und drückte noch ein paar Mal ab, während die Frau zu fragen begann:

»Tara LaLaurie, richtig? Die sind Sie doch?«

»Egal, wer ich bin«, antwortete sie mit etwas schwerer Zunge. »Aber wer seid ihr? Lois Lane und Clark Kent?« Sie hob die Hand für einen Schutz vor dem Blitzlicht. »Leute, könntet ihr das lassen? Ich werd ja blind.«

Der Typ fotografierte weiter, während die Frau mehr Fragen abfeuerte:

»Wie viele Drinks hatten Sie denn in dieser Bar, und was hat den Cab-Fahrer so sauer gemacht, dass er Sie ausgesetzt hat? Kommen Sie oft her? Unterrichten Sie morgen etwa nicht?«

Tara musste lachen, weil sie die beiden einfach lächerlich fand. »Mal im Ernst, für welches Klatschblatt arbeitet ihr? Und werdet ihr dafür bezahlt oder seid ihr Praktikanten?«

Die Anspielungen wurden ignoriert. Andere Fragen folgten: »Diese Kette tragen Sie immer. Hat sie eine bestimmte Bedeutung? Ist sie ein Glücksbringer? Hat Julien Ihnen die geschenkt?«

»Julien? Welcher Julien?« Tara schloss eine Hand um das Amulett. »Mit der Kette kann man Geister rufen, die nervige Möchte-Gern-Journalisten vertreiben.«

Ehe die Zeitungsleute reagieren konnten, erhellte ein anderes, buntes Licht den Himmel. Eine Sirene jaulte. Tara seufzte, sprang vor der Mauer und stolperte ein paar Schritte, als der Streifenwagen am Straßenrand hielt. Sie wollte die Prozedur verkürzen, sich dem Unvermeidbaren stellen und hoffte, ohne Handschellen davonzukommen.

»Ihr schon wieder«, murmelte sie, als die Cops ausstiegen.

Weil Tara keine Anstalten zur Flucht machte und eine alte Bekannte war, verzichteten sie tatsächlich auf die Handschellen und ersparten sich außerdem die Überprüfung ihrer Identität. Während ihr einer der beiden die Tür aufhielt und sie mit einer ausladenden Armbewegung zum Einsteigen aufforderte, hinderte der andere den Fotografen am Knipsen, indem er die Linse mit der Hand verdeckte.

Auf der Fahrt zur Wache telefonierte der Cop auf dem Beifahrersitz mit Ethan und erkundigte sich, wie mit Tara verfahren werden sollte. Nach ein paar Okays und Alles-Klars beendete er das Gespräch. Tara seufzte lautlos, denn sie ging davon aus, dass Ethan sich sofort auf dem Weg machen würde. Resignierend lehnte sie sich in den Sitz und bereitete ihren vom Alkohol gelähmten Geist auf die Begegnung mit Ethan vor.

***

Ethan ließ sich Zeit. Anders als angenommen, kam er nicht auf die Wache, um Tara eine Standpauke zu halten, sondern hatte die Cops offenbar gebeten, sie in eine Ausnüchterungszelle zu stecken. Einige Zeit nach Mitternacht gab Tara das Warten auf und ihrer Müdigkeit nach, doch auf der unbequemen Pritsche, unter der dünnen Wolldecke schlief sie unruhig und war schon früh putzmunter. Verdammt sauer außerdem.

In der linken Nachbarzelle heulte eine Prostituierte, die auf Entzug war. Rechts rüttelte ein Mädchen an den Gitterstangen, das dem Outfit nach zu einer Bikergang gehörte, und drohte den Cops mit der Rache ihrer Jungs. In so mancher Sekunde wollte Tara es ihr gleichtun und Ethan einen Arschtritt der Sonderklasse ankündigen, wenn er sich nicht bald her scherte und sie raus ließ. Natürlich war ihr klar, warum er das nicht tat: Er betrachtete das als eine Art Vergeltung für ihre Zurückweisung. Mehr als einmal hatte sie ihn aufgefordert, seine Observierung zu lassen – und das tat er jetzt. Zweifelsohne mit Genugtuung und um sie spüren zu lassen, was passierte, wenn er nicht zur Stelle war. Möglicherweise saß er längst in seinem Büro und beobachtete sie über die Kameras. Vielleicht wartete er darauf, dass sie darum bat, von ihrem Recht auf einen Anruf Gebrauch machen zu dürfen, damit er ihr persönlich und gönnerisch aufschließen konnte.

Selbstgefällig, dumm und kindisch fand Tara dieses Verhalten, aber sie schwor sich, ruhig zu bleiben. Den Gefallen eines Ausrasters oder der Beschwerde über die Ungerechtigkeit würde sie ihm nicht tun.

Weil sie zur Toilette musste, rief sie einen Cop herbei. Dass er sie bis vor die Klotür begleitete, davor wartete und sie zurückführte, kratzte schon an ihrem Stolz, doch sie schwieg, hockte sich wieder auf die Pritsche und lauschte den einfallsreichen Beschimpfungen der Bikerlady.

Irgendwann schlenderte Ethan herbei und zog Schwaden seines frisch aufgetragenen Aftershaves hinter sich her. Eine Zeitung klemmte unter seinem Arm. Zuerst nahm er die Prostituierte in Augenschein, dann ließ er die Bikerlady leise wissen, was passierte, wenn sie die Klappe nicht hielt. Am Schluss lehnte er sich mit dem Rücken an Taras Zelle, als würde er an einer Haltestelle auf den Bus warten, schlug die Zeitung auf und las vor:

»War es Frust, der Tara LaLaurie gestern Abend in eine Bar am Mississippi getrieben hat? Von ihrem Lover, Julien Cavanaugh, war jedenfalls keine Spur. Auch nicht, als sie sich für den Heimweg ein Cab rief. Nachlässigkeit oder ein vom Alkohol getrübter Verstand ließen die Dozentin mit Doktortitel, die Informationen zufolge wegen ihrer Affäre mit dem Anwalt beurlaubt wurde, ihre Tarnung vergessen. Der Cabfahrer erkannte sie jedenfalls schnell und setzte sie wieder an die frische Luft. Mit Mütze und Sonnenbrille besser getarnt, trieb es LaLaurie zum Saint Louis Cemetery I, auf dessen Mauer sie kletterte. Möglicherweise hatte sie die Absicht, ihrer Namensvetterin, der Serienmörderin Delphine LaLaurie, einen nächtlichen Besuch abzustatten. Unsere Fragen hielten sie davon ab und amüsierten sie so lange, bis eine Streife hielt. LaLaurie leistete keinen Widerstand und wurde zur Wache des achten Distrikts gefahren, wo sie die Nacht verbrachte.«

Ethan ließ die Zeitung sinken und drehte sich zu Tara um. »Soweit die Einleitung«, sagte er. »Den Rest des Artikels hast du hier und da bestimmt schon mal gelesen.«

Tara zuckte die Schultern. »Und?«

»Naja, die wievielte Titelseite in dieser Woche ist das?« Er verzog den Mund, wie um das abzuschätzen und warf einen neuen Blick auf die Zeitung. »Ist zwar bloß die Boulevardpresse, aber Titelseite ist doch Titelseite, oder nicht?«

»Bist du hergekommen, um mir das Ergebnis von miserablem Journalismus vorzutragen oder gibt es noch einen anderen Grund für deinen Besuch? Arbeitest du ausnahmsweise? Falls ja, könnten wir das Übel hier nämlich hinter uns bringen.«

Ethan klappte die Zeitung wieder auf und hielt sie vor die Gitterstäbe. »Ist ein witziger Schnappschuss von dir, finde ich.«

Tara hatte das Bild bereits gesehen, als Ethan vorgelesen hatte. Natürlich war es eine Fotographie von ihr auf der Mauer, mit Mütze, Sonnenbrille und zum Spott verzogenen Mund.

»Rahm ihn dir doch ein, wenn er dir so gut gefällt«, lautete ihr Kommentar. Dann stand sie auf und kam ans Gitter. »Schließ jetzt diese verdammte Tür auf!«

Die Bikerlady aus der Nachbarzelle klinkte sich ein. Nach wie vor wütend, nahm sie nun an Tara Anstoß, nicht mehr an ihrer Verhaftung und zeterte: »Wusste ich doch, dass ich dich kannte!«

166

Tara stoppte sie, bevor sie richtig loslegen konnte: »Du kennst mich nicht. Die meisten, die das annehmen, kennen mich nicht. Das ist das Problem.« Wieder an Ethan gewandt sagte sie: »Ich diskutiere kein weiteres Mal darüber, ob es verboten ist, auf der verdammten Friedhofsmauer zu sitzen.«

Ethan rollte die Zeitung zusammen, umschlang sie mit einer seiner groben Hände und verschränkte die Arme vor der Brust. Diese Körperhaltung ließ ihn noch kräftiger aussehen, und das wusste er.

»Es gibt keine Diskussion«, sagte er und schien etwas anfügen zu wollen, da ertönte eine bekannte Stimme:

»Die gibt es in der Tat nicht. Die lächerliche Kaution ist bezahlt, also schließen Sie auf, Chief!«

Tara sah an Ethan vorbei und entdeckte Julien, der in Begleitung eines Cops in den Bereich der Zellen gekommen war.

Ethans Miene besagte, dass er Julien viel lieber erwürgt hätte, statt die Tür zu Taras Zelle aufzuschließen. Weil zu viele andere Leute anwesend waren, riss er sich zusammen, glättete das Gesicht bis es die gewünschte Gleichgültigkeit spiegelte, und wies den Cop an aufzuschließen. Ohne ein weiteres Wort verschwand er.

Tara wäre Julien gern um den Hals gefallen. Sie hatte das Gefühl, als wäre eine Ewigkeit vergangen, seit sie ihn das letzte Mal gesehen hatte, was durch den Akt ihrer Verhaftung wohl verstärkt wurde. Sie hielt sich zurück, vor allem, weil sie befürchtete, nicht so gut zu riechen. Auf dem Weg aus der Wache nahm er dennoch ihre Hand.

»Sei gewarnt, die Presse lauert auf der Straße«, murmelte er und setzte eine Sonnenbrille auf.

»Ich habe es befürchtet«, antwortete Tara und stürzte sich gemeinsam mit ihm in das neue Blitzlichtgewitter, das auch nicht aufhörte, als sie in seinem Wagen saßen.

»Wir können nicht zu dir«, sagte er und fuhr los. Endlich hörte das Blitzen auf. »Sie würden uns bis vors Haus folgen und weitermachen.«

Tara wusste, dass Julien ins Büro musste. Wahrscheinlich hatte er viele Termine, und sie hielt ihn auf. Nichtsdestotrotz war sein Loft ein guter Rückzugsort, denn das Rolltor an der Einfahrt zur Tiefgarage würde die Presse aufhalten.

»Kann ich ein paar Stunden bei dir bleiben?«, fragte sie vorsichtig.

»Natürlich«, entgegnete er, als sei das selbstverständlich. »Was meinst du, wohin wir unterwegs sind. Überhaupt solltest du darüber nachdenken, zu mir zu ziehen.«

Das war ausgeschlossen. »Geht nicht. Allein wegen Shadow.« Sie warf Julien einen Blick zu und grinste schief. »Außerdem denke ich, wir sind noch nicht in dem Stadium des Zusammenziehens.«

»Ach nein?« Er bog in die Straße ein, in der das alte Lagerhaus mit seinem Appartement lag. »Sind wir im Stadium des Schlüsseltauschens? Für den Notfall und damit wir nicht klingeln müssen, wenn wir einander besuchen?«

»Hm.« Sie klopfte sich mit dem Finger gegen die Unterlippe, als dächte sie darüber nach. »Ich glaube, das mit den Schlüsseln können wir riskieren.«

Julien fuhr in die Tiefgarage, parkte den Wagen auf seinem Stellplatz und schaltete den Motor ab. Dann sah er Tara an. Lange, schweigend.

»Was ist?«, fragte sie leise in die Stille hinein.

Für die Antwort ließ er weitere Sekunden verstreichen. »Ich mache mir Sorgen, das ist alles. Gestern diese Reporter, davor die Leute im Supermarkt, dein Job, deine Eltern … Ich habe Angst, dass dir jemand stellvertretend für deinen Bruder etwas antut.«

Tara schnaubte verdrießlich. »Was soll ich tun? Nicht mehr rausgehen? Die Stadt für eine Weile verlassen?«

»Letzteres wäre klug, würde ich dich auch verdammt vermissen. Du gibst mir Kraft in dieser Zeit.«

»Ich bleibe ja auch, und gestern war ich bloß unvernünftig. Ich werde in Zukunft vorsichtiger sein, versprochen.«

Sie stiegen aus und gingen zum Aufzug. Julien rief das alte, klapprige Monstrum und begleitete Tara ins Appartement, blieb aber nur wenige Minuten.

Sobald er fort war, schaltete sie das Soundsystem ein und versuchte, damit zurechtzukommen.

Ein bisschen vermisste sie die Zeiten, in denen man eine CD in den Schlund eines Radios geschoben und einfach auf Play gedrückt hatte.

Irgendwann hatte sie das System durchschaut und stellte fest, dass Julien die Musik nicht geändert hatte. So lieferte Coldplay die perfekte Hintergrundmusik. Während das großartige *Yellow* lief stöberte Tara in Juliens Bücherregal und fand eine Sammlung Kurzgeschichten. Damit verkrümelte sie sich auf die Couch und verdrängte beim Lesen das miserable Gefühl der Nutzlosigkeit.

KAPITEL 12

Das ganze Haus war blitzblank. Mit einer Lupe konnte man den Boden absuchen und würde keinen Krümel finden, kein Staubkorn in den Vitrinen, kein Katzenhaar auf den Sesseln – außer Shadow verteilte neue. Doch dann konnte Tara umgehend mit dem Staubsauger anrücken und sie entfernen. Schließlich gab es sonst nichts zu tun.

Verdrossen lehnte sie an der Küchentheke, trank Kaffee und blickte sich um. Zum Kotzen aufgeräumt war alles, und das in nur einem halben Tag. Lediglich die Fenster waren noch dreckig vom Winter, doch die zu putzen war unmöglich. Man könnte sie dabei fotografieren und sich eine neue haarsträubende Geschichte zu den Schnappschüssen ausdenken.

Zwar lungerte die Presse endlich nicht mehr vor dem Haus herum, vielleicht, weil sie begriffen hatten, dass Tara kein Statement zu entlocken war, aber sie schloss nicht aus, dass nicht doch irgendwo in der Nähe einer auf ein spektakuläres Geschehnis lauerte.

Tara stellte die Tasse ab und ging auf die Terrasse, um sich den Garten vorzunehmen. Die Nachbarn waren zur Arbeit – wie es sich für einen Freitagmittag gehörte – also störte der Lärm des Rasenmähers niemanden. Mit Ausnahme von Shadow, der sich auf den Gartentisch gerettet hatte, beobachtete sie nicht einmal jemand.

Als der Rasenmäher einen Stein fraß und die Sicheln stehenblieben, gab Tara dem Ding einen Tritt und wollte aufgeben, reparierte es dann aber doch. Nach einer Stunde war das Gerät wieder einsatzfähig. Tara war vor Anstrengung durchgeschwitzt, vor Ärger zerzaust und grün von Kopf bis Fuß. Im Haar und an der Kleidung klebten Grashalme. Getrocknet, in Latzhosen gesteckt und aufs Feld gestellt, hätte sie die perfekte Vogelscheuche abgegeben. Gerade wollte sie den Rasenmäher wieder anwerfen und mit dem letzten Gänseblümchen füttern, da klingelte es.

Tara ging nicht durch das Haus zur Tür, sondern außen entlang, weil sie um die Ecke auf die Veranda linsen wollte. Mit ziemlich jedem rechnete sie … einem dreisten Reporter, Alexander oder Savannah, Ethan, der Dekanin. Nicht mit Julien, denn der würde nicht klingeln, da er nun einen Schlüssel hatte. Kat war der angenehmste zu erwartende Besucher.

Tara entdeckte eine Frau, die sie nicht kannte. Silberne Strähnen hellten ihre dunklen, im Nacken zum Zopf gebundenen Haare auf. Sie trug ein legeres, dunkelblaues Kostüm und Pumps. Von einer Kamera oder einem Mikrofon war nichts zu sehen. Als sie noch einmal klingelte, trat Tara in den Vorgarten. Sie strich ein paar lose Strähnen zurück, wobei sie wohl mehr Grün in Gesicht und Haaren verteilte, stemmte die Hände dann in die Seiten und blinzelte zur Veranda hoch.

»Wie kann ich Ihnen denn helfen?«, rief sie.

Die Frau drehte sich herum und sagte: »Oh!«

Das klang soweit erst einmal ungefährlich, doch Tara musste nur einen Blick in ihre Augen werfen, um zu wissen, wen sie vor sich hatte.

Das *Ach du Scheiße!*, hielt sie geradeso zurück, hob stattdessen einen Finger und sagte: »Ich bin sofort an der Tür und mache auf.«

Sobald sie auf der Hausseite war und die Frau sie nicht mehr sehen konnte, wetzte sie los, sprintete durch den Garten und ins Haus. Die dreckigen Boots trat sie von den Füßen, doch für eine Katzenwäsche blieb keine Zeit, weil sie die Besucherin keine Sekunde zu lange vor ihrer Tür stehen lassen wollte. Beinahe froh, so gründlich saubergemacht zu haben, öffnete sie und bat die Frau hinein.

Tara beließ es bei einer verbalen Begrüßung; nicht nur, weil sie schmutzige Hände hatte, sondern vor allem, weil sie verunsichert war.

»Mrs. Cavanaugh?«, fragte sie und schloss die Tür hinter der Eintretenden.

»Ohne Zweifel, nicht wahr?«, antwortete Juliens Mutter, und Tara war erleichtert über den warmen Grundton in der Stimme.

»Ich hab's an den Augen erkannt.« Sie strich sich die Hände an der Hose ab, sah kurz an sich herunter und versuchte ein Lachen. »Sorry für meinen Aufzug. Ich habe gerade ...«

»Gartenarbeit.« Juliens Mutter winkte ab und grinste, womit sie ihm noch ähnlicher sah. »Machen Sie sich keinen Kopf. Ich sehe öfter so aus. Ich habe eine Gärtnerei.«

Halbwegs beruhigt forderte Tara die Besucherin auf, ihr ins Haus zu folgen und bot ihr im Wohnzimmer einen Platz in einem Sessel an. Kaffee wollte Juliens Mutter keinen, sondern ein Wasser. Tara wusch sich schnell die Hände, füllte ein Glas mit Wasser und brachte es ihr. Dann setzte sie sich ebenfalls.

Um ein Gespräch anzukurbeln, fragte sie: »Kümmern Sie sich allein um die Gärtnerei oder haben Sie Angestellte, Mrs. Cavanaugh?«

»Suzanne.«

»Suzanne ... okay. Ich bin Tara.«

Juliens Mutter trank einen Schluck, stellte das Glas dann auf den Tisch und antwortete: »Ich habe eine Buchhalterin, weil mich der Kram nicht interessiert, und einen Angestellten für die körperlich schweren Aufgaben. Den Großteil der Arbeit erledige ich allein.«

Tara blieb am Ball: »Wie lange gibt es die Gärtnerei schon? Seit Sie in Illinois sind?«

Julien hatte nicht viel von seiner Mutter erzählt. So wenig gewiss nicht aus Desinteresse, sondern einfach, weil es bislang keinen Raum dafür gegeben hatte. Dass sie in Illinois lebte, hatte Tara sich gemerkt und erwähnte es absichtlich. Suzanne sollte nicht glauben, dass er nie über sie gesprochen hatte, bloß weil er die Gärtnerei nicht erwähnt hatte.

»Ja, seit ungefähr zehn Jahren«, erwiderte Suzanne. »Als mein Mann nicht mehr da war, brauchte ich nicht nur einen neuen Platz für mich selbst, sondern auch Ablenkung. Ich wollte das Grauenvolle vergessen, Schönes wachsen sehen … und am Leben erhalten.«

Tara war nicht sicher, ob in den Worten ein Vorwurf lag. Das Unbehagen, das in ihr aufstieg, verdrängte sie.

»Tut mir sehr leid, was geschehen ist«, sagte sie, ohne den Blickkontakt zu unterbrechen.

Suzanne nickte. »Julien und Sie, wie lange sind Sie eigentlich ein Paar?«

»Nun ja, wir kennen uns seit letztem September. Einige Wochen lang, bevor der Mord an Janet Hendric geschah, haben wir uns getroffen, aber weil Julien später die Nebenklage vertrat, hielten wir eine Beziehung für unmöglich.« Tara rechnete kurz zurück. »Wir sind seit gerade mal zwölf Tagen zusammen.«

… die sich wie zwölf Wochen anfühlen, fügte sie im Stillen hinzu. So viel war geschehen, knapp zwei Wochen schienen die Masse an Ereignissen nicht

175

in sich aufnehmen zu können – all die wunderbaren und auch die grässlichen Momente.

»Erkundigen Sie sich danach, weil Sie glauben, dass unsere Beziehung reines Kalkül ist?«, fragte sie dann.

Suzanne verneinte. »Ich bin neugierig, mehr nicht. Als Julien mich vor einigen Tagen anrief, hörte ich zum ersten Mal von Ihnen, und wenig später las ich über Sie und ihn in der Zeitung. Ich bin sicher, er hätte mir noch nichts von euch erzählt, bestünde von Seiten der Medien nicht ein so großes Interesse. Er war praktisch gezwungen, und er hatte Angst, dass ich eure Beziehung verurteile.«

»Aber das tun Sie nicht?«

»Ich kenne mein Kind. Er hat mir gesagt, dass er Sie liebt und aus keinem anderen Grund mit Ihnen zusammen ist. Er würde mich nicht belügen. In einer Notsituation vielleicht, aber dann würde ich es durchschauen.«

Tara verschränkte die Arme vor der Brust, weil sie eine Gänsehaut bekam. Es rührte sie sehr, das von Juliens Mutter zu hören, denn sie konnte sich vorstellen, wie viel Überwindung es ihn gekostet hatte, sich ihr anzuvertrauen.

Suzanne fuhr fort: »Viel Zeit, über Sie zu reden blieb natürlich nicht. Und am Telefon ist es ohnehin nicht optimal.«

»Seit es heraus ist, rotiert Julien.«

»Ich kann mir vorstellen, dass Sie ebenfalls einiges auszuhalten haben.«

Tara überlegte, wie sie reagieren sollte. »Solange er bei mir ist, ist es erträglich«, sagte sie dann.

Suzanne kam auf etwas anderes zu sprechen: »Als Julien mir zuerst von seinem neuen Mandat erzählte, hatte ich die Sorge, dass er auf Vergeltung aus ist. Er gab zu, anfangs zum Teil von dem Wunsch, Alexander LaLaurie zu verletzten und zu belehren, motiviert gewesen zu sein.«

»Ich weiß.« Tara stand auf, um die Terrassentür zu schließen. Ein Wind war aufgekommen und wehte abgemähtes Gras herein. »Das war unser Streitpunkt, aber ich denke, dieser Wunsch ist inzwischen hintergründig.«

»… oder gar nicht mehr vorhanden«, fügte Suzanne an, »worüber ich froh wäre. Julien würde damit nichts gutmachen, kein Unrecht in Recht verwandeln.«

»Das nicht.« Nach einem kurzen Blick in den Garten ging Tara zurück und setzte sich wieder. »Julien arbeitet für die Hendrics, mit größtem Engagement setzt er sich für sie ein. Wenn er durch seinen Job dazu beiträgt, dass ein Mörder die verdiente Strafe erhält und Alexander LaLaurie eine Lehre erteilt wird, halte ich das inzwischen für einen Wink des Schicksals.«

Suzanne ließ das so stehen und betrachtete Tara nachdenklich. Ein liebevoller Ausdruck huschte durch den so eigentümlich vertrauten grauen Blick.

Tara lenkte die Unterhaltung wieder auf ebeneres Terrain, dies auch, weil sie sich wunderte, warum Julien sie nicht auf den Besuch seiner Mutter vorbereitet hatte.

»Wie lange bleiben Sie in New Orleans?«

»Eine Woche vielleicht. Ich bin heute Vormittag erst angekommen.«

»Wohnen Sie bei Julien?«

»Oh nein, im Hotel. Ich will euch nicht auf der Pelle hocken, auch weil ich mich nicht angekündigt hatte. Ich habe ihn vorhin angerufen, aber er hat natürlich Termine, also dachte ich …« Suzanne zuckte mit den Schultern und grinste.

»Sie dachten, Sie statten mir einen Besuch ab.«

»Ein spontaner Überfall.« Jetzt lachte sie. »Ich hoffe, ich habe Sie nicht zu sehr erschreckt. Ich hatte ja keine Telefonnummer …«

»Schon okay.« Tara deutete auf das leere Glas. »Kann ich Ihnen noch ein Wasser bringen? Oder etwas anderes.«

Suzanne lehnte dankend ab. »Ich sollte jetzt gehen und Sie weitermachen lassen.« Sie stand auf und streckte Tara die Hand hin. »Danke für Ihre Offenheit. Das Gespräch hat gut getan.«

Tara schüttelte Suzannes Hand, gab die Worte zurück und verabschiedete sie an der Haustür. Ziemlich verwirrt, aber auch erleichtert warf sie den Rasenmäher an, um sich das verbleibende Stück Grün vorzunehmen.

***

Am frühen Abend, nach getaner Arbeit rief Tara Kat an, um ihr von Juliens Mutter zu erzählen.

Kat war bereits im Missi Spirits und ließ John für einen Moment hinter der Bar allein.

»Verdammte Axt, du verkohlst mich!«, rief sie in den Hörer. »Und du warst beim Mähen? Bist du nicht im Boden versunken?«

»Wärst du auch nicht.«

»Ich bin ja schmerzfrei, was Schwiegermütter betrifft«, witzelte Kat, wurde aber prompt ernst. »Du meine Güte, wenn ich mir vorstelle, dass dein Vater …«

»Okay, stell es dir nicht vor«, unterbrach Tara sie. »Nicht schon wieder, bitte!«

»Was wollte sie denn? Dich abchecken? Herausfinden, was du mit ihrem Sohn vorhast? Inwieweit du ihm den Kopf verdrehst und seine Karriere gefährdest?«

»Das dachte ich zuerst, aber sie wollte mich nur kennen lernen. Julien hatte ihr nicht viel von mir erzählt, aber das wenige hat ihr wohl alle bösen Gedanken, die andere so beschäftigen, genommen.«

Kat wollte mehr Details erfahren, doch John wurde bereits ungeduldig und verlangte ihre Anwesenheit hinter der Theke. Weil Freitag war, füllte sich das Missi Spirits. Kats Einladung, auf einen Drink vorbeizukommen schlug Tara aus, denn zu bitter war die Erinnerung an ihren letzten Barbesuch, nach dem ihr die Reporter aufgelauert hatten und sie verhaftet worden war.

Kat lachte darüber, insbesondere als sie hörte, dass das Mauersitzen abermals Grund für die

Verhaftung gewesen war und Tara eine ganze Nacht in der Zelle geschmort hatte.

»Deshalb der neue Hinweis an der Mauer«, prustete sie.

»Welcher Hinweis?«, fragte Tara.

»Oh, ein paar Gäste haben sich gestern über die Schilder lustig gemacht, die überall an der Mauer des Cemetery I hängen. Die weisen darauf hin, dass das Sitzen auf der Mauer ebenso strafbar ist wie das Betreten des Friedhofs ohne gültiges Ticket oder nach Schließzeit.«

»Na großartig!«, brummelte Tara. Das ging ohne Zweifel auf Ethans Konto.

»Ich muss auflegen.« Kat klang gehetzt. Wahrscheinlich hatte John sie ein weiteres Mal gerufen. »Vielleicht überlegst du es dir und kommst doch rum. Falls Reporter auftauchen, schicken wir ihnen John auf den Hals.«

»Es sind nicht nur die Reporter, Kat, sondern die Leute überhaupt. Im Supermarkt hätten sie mich bald mit rohen Eiern beworfen, in der Bar würden Sie mir vielleicht Wein ins Gesicht schütten.« Sie seufzte. »Ich bleibe lieber hier.«

»Okay, Süße, dann lass dich nicht unterkriegen. Bestimmt wird bald alles gut.«

Kats Wort im Ohr dessen, der die Fäden in der Hand hielt! Sie verabschiedeten sich, und Tara wollte das Telefon weglegen, da ging eine Nachricht von Julien ein. Er ließ sie wissen, dass seine überraschend Mutter in der Stadt war – ein paar Stunden nachdem Tara es besser erfahren hätte – und dass er sich mit ihr zum Abendessen treffen würde.

Tara trollte sich in den Garten, um den Rasenmäher sauberzumachen, ihn im Schuppen zu verstauen und die paar Blumen in den Rabatten zu gießen. Danach warf sie ihre Klamotten in die Waschmaschine, ließ heißes Wasser in die Wanne, stieg hinein und schrubbte sich das Gras von der Haut. Während sie ihre Haare wusch, unterhielt sie sich mit Shadow, der auf dem Wannenrand saß und sie misstrauisch beäugte. Den Schaum fand der Kater wohl interessant und er war neugierig, doch seine Angst vor Wasser war zu groß, als dass er auch nur die Pfote hineintunken würde.

Um das Shampoo auszuspülen, tauchte Tara unter. Sie hielt den Atem an und blieb unter Wasser, weil sie die von ihrem Herzschlag unterlegte Stille beruhigend fand. Als sie wieder auftauchte, balancierte Shadow aufgeregt auf dem Wannenrand und protestierte mit einem lauten Miau gegen ihr Verhalten. Tara musste lachen und wollte ihn mit ein paar Worten trösten, da drehte er sich um, lauschte, mauzte abermals und sprang von der Wanne, um aus dem Badezimmer zu tapsen. Mit genauem Ziel, wie es schien.

Wenig später hörte Tara, wie die Eingangstür geöffnet und geschlossen wurde und Julien Shadow begrüßte. Dann rief er sie. Sie antwortete nicht, sondern ließ ihn suchen und grinste vor sich hin, weil er Zimmer für Zimmer abklapperte.

Endlich stand er in der Tür zum Badezimmer.

»Hey«, sagte er und kam näher. Seine Blicke glitten von Taras Augen zu ihrem Mund und an ihren Hals entlang, als könnten sie unter den Badeschaum tauchen. Dass dies unmöglich war, schien er einen Moment zu bedauern.

»Hey«, antwortete Tara. »Wie war es mit deiner Mutter?«

»Gut. Warum hast du nicht gesagt, dass sie bei dir war?«

Tara konnte nicht anders als eine Braue hochziehen. »Warum hast *du* nicht gesagt, dass sie in der Stadt ist? Nicht nur, dass ich ziemlich erschrocken war, als sie plötzlich vor mir stand, ich sah auch noch aus wie ein Grashüpfer.«

Juliens Mund zuckte, doch er hielt die Antwort zurück. Statt zu sprechen, löste er die Krawatte, zog sie ab und warf sie über einen Hocker. Der Krawatte folgten Jackett und Hemd, das er mit gespielter Geduld aufknöpfte. Er ließ sich Zeit und Tara nicht aus den Augen. Sie mochte die Geschmeidigkeit der Bewegungen, mit der er sich auszog, und genoss allein den Anblick seines nackten Oberkörpers. Als er die Shorts fallen ließ, sank sie ein bisschen tiefer ins Wasser, denn ihre Nippel wurden hart, und das sollte er lieber spüren, wenn er bei ihr war, statt es schon zu sehen.

Julien stieg zu Tara in die Wanne und kroch über sie, wobei er seine Hüfte bewusst langsam zwischen ihre Beine brachte. Die Spitze seines schon geschwollenen Gliedes strich über ihren

Bauch, und sie wollte es massieren und wachsen lassen, doch er packte ihre Hände und hob sie aus dem Wasser, über ihren Kopf.

»Ich könnte dich ständig vögeln«, murmelte er und küsste sie. Kurz nur, spielerisch, weil seine Gedanken nicht nur bei ihrem Mund waren. »Ist das schlimm?«

»Sehr schlimm. Du solltest mit einem Arzt darüber sprechen«, neckte sie ihn.

»Ich befürchte, ein Arzt kann mir nicht helfen.«

»Wieso nicht?« Tara unterdrückte ein Murren, denn mit Juliens Beckenbewegung rutschte sein Schaft durch ihre Spalte, drang aber nicht in sie.

»Keine Therapie hilft und auch keine Medizin.« Er ließ ihre Hände los, um seine Hand unter Wasser wandern zu lassen und ihre Brüste zu streicheln, ihre Nippel zu teasen, ihren Bauchnabel zu umkreisen und zwischen ihren Beinen zu landen.

Tara hielt den Atem an, weil er zwei Finger in sie schob. Sie wollte die Augen schließen, doch sein Blick verbot ihr das. Dass er sich ein Stück aufrichtete, nutzte sie aus, um ihr Becken aus dem Wasser zu heben. Was sie von ihm wollte, war klar, also zog er die Finger aus ihr, brachte seinen Kopf zwischen ihre Beine und teilte ihre Scham mit dem Mund. Während er sie leckte, seine Zunge in sie tauchte und um ihren Kitzler tanzen ließ, betrachtete er Taras nassen Körper, an dessen Rundungen der Badeschaum herablief.

Taras Erregung war so groß, angeheizt vom Bad, seinem Strip und seinen Fingern, dass sie kaum eine Minute brauchte. Als sie kam, stöhnte sie seinen Namen und vergrub die Finger in seinen Haaren. Sobald das Pulsieren in ihrem Unterleib nachließ, senkte sie ihren Körper ins Wasser und zog Julien auf sich, um ihn erneut zu küssen, länger diesmal. Sie vergrub die Finger in seinen jetzt etwas nassen, dunklen Haaren und legte ihre Hände auf seinen Po. Er stützte sich zu ihren Seiten ab und drang in sie ein. Langsam und mit der Bewegung des Wassers liebte er sie. Tara spürte ihn noch intensiver als sonst, hart und heiß, was am anderen Element liegen mochte. Seine angespannten Muskeln und die Starre seines Blicks, verrieten, dass sein eigener Orgasmus nicht mehr lange auf sich warten ließ. Mit einem leisen Keuchen drang er ein letztes Mal tief in sie, hielt den Atem an und kniff die Augen zusammen. Sein Schwanz zuckte in ihrem Unterleib, als sein Sperma aus ihm in sie floss.

Dass das Wasser kalt geworden war, bemerkten sie erst jetzt. Ein bisschen fröstelnd, aber nicht wirklich frierend setzten sie sich einander gegenüber. Julien nahm Taras Hände, deren Fingerkuppen vom Wasser ganz schrumpelig geworden waren.

»Tut mir leid, dass meine Ma dich erschreckt hat«, sagte er.

»Schon okay.« Sie grinste. »Ich wusste gleich, wer sie ist. Ihre Augen haben sie verraten.«

»Sie mag dich.«

Das kam nicht überraschend, denn Tara hatte Suzannes Sympathie schon beim Besuch gespürt. Schön zu hören war es trotzdem.

»Ausgerechnet sie«, murmelte sie. »Sie hätte allen Grund, mich nicht zu mögen.«

»So ist sie nicht.« Julien rutschte näher und zog sie ein Stück heran. »Hab ich dir schon mal erzählt, dass mein Herz komische Dinge tut, wenn ich an dich denke, ohne bei dir zu sein.«

»Komische Dinge?«

»Es scheint sich zu verkrampfen, mein Herz.«

»Meins tut das gleiche«, flüsterte sie, weil ihre Stimme plötzlich nicht mehr recht wollte. »Manchmal sticht es sogar.«

Julien senkte die Stimme ebenfalls, raunte nur noch: »Hast du eine Ahnung, woran es liegen könnte? «

»Nicht nur eine Ahnung, ich weiß es sogar.« Tara hob eine Hand aus dem Wasser, um über seine Wange zu streicheln. »Es ist, weil ich dich so sehr liebe. Beinahe von Anfang an. Seit wir am Mississippi gelegen und die ISS beobachtet haben.«

Er lächelte und ein glückliches Funkeln huschte in seine grauen Augen.

»Ich dich auch, mein kleiner Blackbird, seit genau diesem Moment«, antwortete er und küsste sie.

KAPITEL 13

Julien war kein Morgenmuffel, nie gewesen, und er konnte sich nicht vorstellen, dass er das Schlechte-Laune-am-Morgen-Syndrom je ernsthaft entwickeln würde. An diesem Morgen aber, einem Samstagmorgen noch dazu, brachte er kaum ein Wort über die Lippen, geschweige denn ein Lächeln darauf. Mit Essen war es nicht besser: weder Toast noch Kaffee oder Obst schmeckten so recht.

Tara war ein bisschen irritiert, doch sie passte sich an und schaltete beim Frühstück das Radio ein, damit das Schweigen nicht die Luft des Morgens verpestete. Julien fühlte sich blöd deshalb und wünschte sich, in seinen eigenen vier Wänden zu sein statt in ihren, damit er ihr nicht auf den Geist ging und selbst klarkommen konnte.

»Schlecht geschlafen?«, fragte Tara irgendwann. Scheinbar, weil sie es nicht länger aushielt.

»Ein bisschen. Mies geträumt vor allem.«

Was genau er geträumt hatte, wusste er nicht mal mehr, nur dass es irgendein verwirrend, viel zu realer Mist gewesen war.

»Die ganze letzte Woche war einfach nur schrecklich«, murmelte Tara und biss so appetitlos, wie er sich fühlte, vom eigenen Toast ab.

Zu gern wollte Julien ihr sagen, dass die kommende Woche besser werden würde, doch er glaubte nicht daran. Am liebsten wollte er sie bitten, diesmal ernsthaft, die Stadt zu verlassen. Nicht um sie loszuwerden, alles andere als das wollte er, denn er brauchte sie sehr, aber er hatte Angst, dass die Leute auf sie losgingen. Gerade in den kommenden Tagen.

Die Hauptverhandlung gegen Ben LaLaurie würde am Montag beginnen, und dachte er daran, wollte er gern das nächste Klo suchen und kotzen. Tara mochte ihm glauben, seine Mutter mochte ihm glauben und auch die Staatsanwältin, aber solange die Hendrics Zweifel an seiner Rechtschaffenheit hatten und die Öffentlichkeit ihn für einen bestechlichen Lügner hielt, hatte er ein echt miserables Gefühl. Er brauchte das Vertrauen seiner Mandanten. Ohne das fühlte er sich wie gehemmt und gefesselt. Er war, was er nie zuvor gewesen war: verunsichert.

In mancher Sekunde wollte er alles hinwerfen, um zu beweisen, dass er nicht für Alexander LaLaurie arbeitete und um seinen Namen als Anwalt reinzuwaschen. Blieben die Dinge, wie sie waren, würde er in jedem Fall verlieren. Einen

Schuldspruch für Ben LaLaurie würde man allein dem Konto Staatsanwältin gutschreiben, obwohl er den Großteil der Arbeit erledigt hatte, und ein Freispruch wäre nicht nur ein Schlag in die Rippen, sondern der Todesstoß.

»Dir graut vor Montag«, schlussfolgerte Tara.

Julien sah sie an. Er brachte keine Antwort heraus, ließ den angeknabberten Toast auf den Teller fallen, wandte den Blick ab und rieb sich das Gesicht, um das Dröhnen hinter der Stirn zu vertreiben.

Tara nahm seine freie Hand und drückte sie, wie um ihn zu ermutigen, ihn auch zu beruhigen. »Ich bin hier, Julien, also rede mit mir!«

»Ich war so blind«, brummte er. »Ich wünschte, ich hätte den Fall nie übernommen.«

»Hast du aber nun einmal, also hör auf, diese Entscheidung zu bedauern. Das ist gar nicht typisch für dich.«

»Die ganze Situation ist nicht typisch für mich«, brauste er auf und zog seine Hand zurück. »Als der vom ganzen Land gehasste, unerwünschte, überflüssige Anwalt gehe ich in diese Verhandlung.«

Tara blieb ruhig. »Das stimmt doch nicht …«

»Natürlich. So ist es, und ich habe es mir selbst eingebrockt. Ich hab nicht auf dich gehört. Du hast praktisch vorausgesagt, dass all das geschehen wird.«

Sie schnaubte. »Glaub mir, was gerade geschieht, übertrifft selbst meine Vorstellungen, aber ich bedauere deine Entscheidung nicht. Im Gegenteil: Jetzt erst recht, denke ich mir.«

»Es bringt aber nichts.« Julien stützte den Kopf in beide Hände und atmete durch. »Ich kann das so nicht. Für eine solche Verhandlung brauche ich einen klaren Kopf, aber ich bin total fertig, runter mit den Nerven.«

»Und das bedeutet?« Tara stellte diese Frage, obwohl sie zu ahnen schien, was er vorhatte.

»Das bedeutet, dass ich den Hendrics eine Entscheidung abnehme. Sie denken sowieso darüber nach, sich einen anderen Anwalt zu nehmen … wundert mich überhaupt, warum sie das noch nicht getan haben.«

Er wollte aufstehen, da spürte er etwas an seinen Füßen. Warm und weich. Shadow schmuste mit seinen Beinen. Julien sah zum Kater hinab und erwartete ein Maunzen, ein Betteln um einen Happen vom Frühstück, doch der Kater blieb still. Er setzte sich, legte den Schwanz um die Füße, hob den Kopf und schaute zu ihm hoch. Anders als sonst blinzelte er nicht. Ein strenger, geradezu böser Ausdruck lag in seinen gelben Augen. Julien schauderte und sah wieder zu Tara.

Die runzelte die Stirn. »Also gibst du auf?« Missfallen schwang in ihrer Stimme mit.

»Ich habe keine andere Wahl.«

Julien stellte die Kaffeetasse ab und stand auf. Er rückte den Hocker an den Tresen und ging ins Bad, um zu duschen und das Unvermeidbare in Angriff zu nehmen.

Taras Schweigen und der Blick des Katers hingen ihm im Nacken.

***

Seit einer Viertelstunde redete er. Die Hendrics schwiegen, saßen ihm gegenüber, ausdruckslos ihre Mienen, und hörten zu. Wie in einem Plädoyer stellte er den Sachverhalt dar, bewertete ihn nach verschiedenen Gesichtspunkten und konnte seine eigene Stimme bald nicht mehr hören.

»Aus den genannten Gründen erachte ich es für sinnvoll, wenn Sie durch einen anderen Anwalt vertreten werden.«

Raus war es. Julien lauschte in sich und erwartete, dass ihm der sprichwörtliche Stein vom Herzen fiel, doch es blieb still in seiner Brust. Der Stein lastete noch immer auf seinem Herzen, schwer und klobig.

Er fuhr fort: »Bevor ich herkam, habe ich mit einem Kollegen gesprochen, den ich Ihnen empfehlen kann. Er wäre bereit, Sie zu vertreten. Heute und morgen würden wir uns zusammensetzen und die Übergabe machen. Die Staatsanwältin weiß ebenfalls schon Bescheid.«

Er solle tun, was er nicht lassen könne, hatte sie ihm am Telefon gesagt, was bedeutete, dass sie seine Entscheidung nicht guthieß.

»Insofern Sie nicht bereits einen anderen Anwalt gefunden habe, der Sie …«

»Haben wir nicht«, unterbrach ihn Mr. Hendric.

»Okay. Wir könnten dann …«

»Wir hatten auch keinen gesucht.«

»Okay …« Ein paar Sekunden lang mangelte es Julien an Worten, dann fand er welche. »Bei unserem Gespräch Anfang der Woche hatten Sie gesagt, dass Sie mir nicht mehr vertrauen und sich deshalb nach einem anderen Vertreter umschauen. Da ich Vertrauen für die wichtigste Basis halte …«

»Meinen Sie nicht, wir hätten Sie informiert?«

Julien hasste es, immerzu unterbrochen zu werden und normalerweise brachte er das zum Ausdruck. Er war jedoch zu irritiert, denn Mr. Hendric klang beleidigt, wo er hätte erleichtert reagieren und die Entscheidung begrüßen sollen. Seine Frau hatte sich inzwischen ein Taschentuch geholt und tupfte sich damit die Tränen von den Wangen. Im Stillen resignierte Julien ein Stückweit und stellte für sich fest, dass er gerade alles falsch machte, egal was er tat.

»Sie möchten also keinen neuen Anwalt?«, schlussfolgerte er.

»Nein«, kam es grantig von Mr. Hendric, während Mrs. Hendric den Kopf schüttelte und mehr weinte.

»Wie stellen Sie sich das vor, wenn …«

»Wir stellen uns das so vor, dass Sie Ihren verdammten Job machen! Sie gehen am Montag vor Gericht und nehmen dieses Schwein, das uns unser Mädchen genommen hat, in die Zange. Tun Sie, was Sie uns versprochen haben: Tun Sie alles, um zu verhindern, dass er je wieder einen Fuß auf freien Boden setzt.«

Mrs. Hendric klinkte sich ein: »Sie können uns doch nicht hängen lassen, so kurz vor Beginn der Verhandlung.«

»Das hatte ich doch gar nicht vor.« Nun musste er sich auch noch verteidigen. Er verstand gar nichts mehr. »Ich dachte, ein anderer Anwalt sei Ihr Wunsch ...« Ihm fiel etwas ein. »Falls es wegen des Geldes ist, dass ich unentgeltlich für Sie tätig bin ...«

Mr. Hendric winkte ab. Unwirsch schüttelte er den Kopf. »Das Geld spielt keine Rolle. Wir hatten Ihnen sogar angeboten, Sie zu bezahlen, was Sie ja vehement abgelehnt haben. Erinnern Sie sich nicht?«

Natürlich erinnerte er sich.

»Uns geht es ausschließlich um Sie«, sagte Mrs. Hendric, »um Ihren Charakter vor allen Dingen. Kein anderer Anwalt würde uns so gut vertreten wie Sie. Natürlich brauchten wir einige Zeit, um unsere Gedanken zu sortieren, denn die Nachricht von Ihrer und Miss LaLauries Verbindung war schon ein Schreck.« Sie setzte sich aufrechter, nahm das Taschentuch runter und zerknüllte es in der Hand. »Aber nun sind unsere Gedanken sortiert.«

Julien nickte. »Okay.«

Mehr konnte er nicht sagen, denn jetzt war er es, der seine Gedanken sortieren musste, wobei er die Wirkung von so ein paar Worten erstaunlich fand. Noch vor einer Stunde hatte er nicht zur Verhandlung antreten wollen und jetzt nannte er sich deshalb im Stillen einen Feigling.

»Um Ihrem Spießrutenlauf ein Ende zu machen, haben wir außerdem ein Interview gegeben, das heute Abend gesendet wird«, erklärte Mr. Hendric. »Sie sollen sich auf Ihre Aufgabe konzentrieren können, und das ist unmöglich, wenn man von allen Seiten angegriffen wird.«

»Ein Interview? Im Fernsehen? Und wann wollten Sie mir davon erzählen.«

Eine Überraschung jagte die nächste. Julien spürte Unruhe in sich rumoren. Er wollte jetzt gern verschwinden, sich mit einem freundlichen Händeschütteln verabschieden und ein paar Minuten für sich haben.

Mr. Hendric zuckte mit den Schultern. »Sie sehen das doch nachher. Ändern können Sie sowieso nichts mehr daran. Stellen Sie sich nur mal vor, das Interview wäre gesendet worden und zur gleichen Zeit geben Sie bekannt, dass Sie uns gar nicht mehr vertreten.«

Julien gab zu, dass das ziemlich lächerlich gewesen wäre. Dann stand er auf, verabschiedete sich von Mrs. Hendric und ließ sich von ihrem Mann zur Tür begleiten.

Auf dem Weg zum Auto fiel ihm der Stein doch noch vom Herzen, wurde er auch von einer gänzlich unerwarteten Wendung angestoßen.

Er fuhr nach Hause, in sein Appartement, um die benötigte Zeit allein zu verbringen. Rechtzei-

193

tig zur Ausstrahlung des Interviews wollte er wieder bei Tara sein.

***

Tara war froh und erleichtert über die Entscheidung der Hendrics. Dass die beiden ein Interview gegeben hatte, erstaunte sie so sehr wie Julien.

»Ich sollte dir etwas erzählen«, sagte sie, als er ihr vom Gespräch berichtet hatte.

Das klang nach einer neuen Überraschung. Julien war nicht sicher, ob er eine weitere gebrauchen konnte. »Ist es was Gutes oder was Schlechtes?«, fragte er, während er den Korkenzieher in den Korken der Weinflasche drehte.

»Weder das eine, noch das andere. Am Mittwoch war ich bei den Hendrics. Möglich, dass sie das im Interview erwähnen.«

Julien zog den Korken aus der Flasche und schenkte den Rotwein in zwei dickbauchige Gläser. Ihr Geständnis ärgerte ihn, aber das zeigte er nicht. Er blieb ruhig, stellte die Flasche auf den Tresen und reichte ihr ein Glas.

»Das hätte auch in die Hose gehen können, weißt du? Im schlimmsten Fall hätten sie die Polizei geholt.«

»Dessen war ich mir natürlich bewusst. Ich musste es trotzdem tun. Hätte ich nicht mit ihnen geredet, hätten sie nun vielleicht …« Sie ließ den Satz offen.

Julien beendete ihn und machte eine Frage daraus: »Einen anderen Anwalt?«

194

»Möglich.« Tara trank einen Schluck.

»Sollte es mir zu denken geben, dass ich als Anwalt meine eigenen Mandanten nicht überzeugen kann?«

»Quatsch! Erspar dir so ein Denken!« Nach kurzem Grübeln fuhr sie fort: »Ich hätte viel eher hingehen sollen, um mich zumindest ihnen gegenüber von Ben zu distanzieren, von dieser ganzen LaLaurie-Sippe auch.«

Julien nippte ebenfalls am Wein und betrachtete Tara dabei. Sein leiser Ärger, der eben aufgequollen war, hatte sich aufgelöst.

»Bist du mir böse?« Tara zog die Nase kraus, als erwartete sie, dass er schimpfte.

Julien musste grinsen. Er nahm ihre freie Hand, zog sie an sich und küsste sie sachte.

»Das war sehr mutig«, murmelte er und legte seine Stirn an ihre, um in ihre warmen, braunen Augen schauen zu können.

»Das war notwendig«, flüsterte sie.

»Danke!«

Sie lächelte, küsste ihn wieder und löste sich dann von ihm, um ins Wohnzimmer zu gehen. Dort schaltete sie den Fernseher ein und suchte den Sender, auf dem das Interview der Hendrics gesendet werden würde. Julien setzte sich in einen Sessel, zog Tara auf seinen Schoß und sah über ihre Schulter zum Bildschirm, wo es gleich darauf losging. Ein paar Sekunden lang war er so aufgeregt, dass ihm übel wurde und er fröstelte, doch bei Mr. Hendrics ersten Worten beruhigte er sich.

Im halbstündigen Interview berichteten die Hendrics von den Gesprächen, die sie sowohl mit Julien als auch mit Tara geführt hatten. Taras Handy begann zu klingeln, und als sie einen Blick auf das Display warf, sah Julien, dass ihr Vater anrief. Nach einer Weile, in der er es immer wieder versuchte, schaltete sie das Gerät aus.

Währenddessen übten die Hendrics Kritik am Umgang mit ihrem Anwalt. Sie verlangten, dass die Öffentlichkeit ihm vertraute, wo sie selbst es doch taten, und sie baten darum, die bevorstehende Verhandlung nicht zu behindern, indem man aus purer Sensationslust in seine Privatsphäre eindrang. In der Tatsache, dass Alexander LaLaurie Michael Cavanaugh zum Tode verurteilt hatte, sah das Paar einen Grund mehr, die von der Presse vermutete Zusammenarbeit zwischen Julien und dem einstigen Richter von New Orleans auszuschließen. Am Ende forderten sie zu einer gewissen Distanz und zu Respekt gegenüber dem Gericht sowie den Vertretern des Gesetzes auf. Im Namen ihrer ermordeten Tochter erhofften sie sich einen zügigen, gerechten Prozess und wünschten der Staatsanwältin sowie ihrem Anwalt für dessen Beginn viel Erfolg.

Die Sendung war kaum zu Ende, da klingelte das Festnetztelefon. Julien wollte Tara davon abhalten, ranzugehen, doch sie machte sich von ihm los, stand auf und nahm das Gespräch entgegen.

»Lasst mich einfach in Ruhe!«, sagte sie mit kalter Stimme, dann lauschte sie, schüttelte den

Kopf und redete weiter: »Nein, ich werde nicht vorbeikommen. Weder jetzt noch irgendwann später. Ich möchte dich und Alexander nicht mehr sehen, nicht mehr hören, nicht mehr sprechen. Es gibt schon lange nichts mehr zu sagen, ich dachte, das hätte ich beim letzten Mal klargemacht.«

Sie legte auf, steckte das Telefon in die Station und stürmte auf die Terrasse. Kaum war sie draußen, da klingelte es abermals. Julien stand auf und zog den Stecker aus der Dose, dann folgte er Tara in den Garten.

Die Hände in die Seiten gestemmt, kehrte sie ihm den Rücken zu und hielt das Gesicht in die Abendsonne, um die wärmenden Strahlen aufzufangen. Der Kater schmuste um ihre Beine, und als Julien Tara von hinten umarmte, bezog er seine Beine mit ins Schmusen ein.

»Sie sind hilflos, das ist alles«, sagte er leise.

»Ist mir egal, was sie sind«, entgegnete sie, »ich möchte es einfach nicht mehr wissen.«

»Das eben war deutlich. Ich denke, sie lassen dich jetzt in Ruhe.«

»Ich hoffe es.« Sie drehte sich um und drückte ihm einen kurzen Kuss auf den Mund. Mit einem Lächeln, das noch ein bisschen steif war, schlenderte sie zu einem Gartenstuhl, drehte ihn zur Sonne und setzte sich.

Julien ging ins Haus, um den Wein und etwas zum Knabbern zu holen. Nach dem Interview konnte er endlich essen, hatte aber nur Appetit, keinen echten Hunger, also tat es ein bisschen Salzgebäck. Gerade wollte er Tara rufen und sie fragen, ob sie später einfach Pizza bestellen würden, statt selbst zu kochen, da hörte er sie mit jemandem sprechen.

Zurück auf der Terrasse stellte er fest, dass sie mit den Nachbarn auf dem rechtseitig angrenzenden Grundstück redete. Das war ungewöhnlich, denn in den vergangen Tagen hatte das Paar den Garten demonstrativ verlassen, wenn er und Tara nach draußen gegangen waren. Die Leute auf der linken Seite waren zwar an der frischen Luft geblieben, bei ihrer Gartenarbeit hatten sie allerdings grimmig geschwiegen, um zu demonstrieren, wie empört sie waren. Nun kamen sie ebenfalls aus dem Haus und klinkten sich in das Gespräch ein. Obwohl sie alle das Interview gesehen haben mussten, erwähnten sie es mit keiner Silbe. Im Gegenteil, sie taten so, als sei Taras und seine Beziehung schon immer da und gar kein Thema gewesen. Sie führten Small Talk über das Wetter, ihr Abendessen, ihre mal weniger und mal besser gedeihenden Blumen und Früchte, über ihre Kinder und die Universitäten, an denen sie studierten. Einer der Männer befragte Julien schließlich doch zum Prozess und erkundigte sich, ob er nervös war, wo er doch so große Verantwortung trug und eine ganze Nation auf ihn schaute.

Während er antwortete hörte er mit halbem Ohr, wie Tara auf eine Frage zu ihrem Job an der

UNO reagierte und zugab, beurlaubt worden zu sein. Kopfschütteln und ungläubiges Unverständnis folgten – wo man nur eine Stunde zuvor in die Hände geklatscht hätte.

Ein zweites Mal an diesem Tag konnte sich Julien nur wundern über die Kraft von Worten.

KAPITEL 14

Tara schmeckte Juliens Kuss, obwohl sein Mund längst nicht mehr auf ihrem war. Sie spürte seine Berührungen und die Wärme seiner Haut, obwohl er das Bett längst verlassen hatte. Sanfte, letzte Wellen ihres Orgasmus rauschten noch durch ihren Körper und elektrisierten ihr Nervensystem. Sie kuschelte sich in die Bettdecke, zog Juliens Kissen heran und steckte das Gesicht hinein, um seinen Duft einzuatmen – seinen eigenen Duft, nicht den seines After Shaves, der noch im Zimmer hing.

Vor ihrem geistigen Auge sah sie ihn den Gerichtssaal betreten ... im hellgrauen Anzug, dem weißen Hemd darunter, der ebenfalls grauen Krawatte. Das dunkle Haar, das sie ihm gerade erst zerstruwwelt hatte, war dem Anlass entsprechend in Form gebracht, und jeder weiche Zug aus der Miene verschwunden. In vielleicht gerade diesem Moment flog sein eisgrauer Blick zum

Angeklagten, der ihn beobachtete, seit er den Gerichtssaal betreten hatte. Vielleicht machte Julien sich nun ein Bild von den Geschworenen, ignorierte Alexander und Savannah LaLaurie unter den Zuhörern, vielleicht besprach er sich kurz mit der Staatsanwältin, mit den Hendrics und wandte sich dann dem Richter zu, der hereinkam und die Verhandlung eröffnete.

Tara wollte nicht mit ihm tauschen. Sie wünschte sich aber auch, wieder einzuschlafen und den Tag zu verpennen. Die Aussicht, nichts oder nichts wirklich Zufriedenstellendes zu tun, während Julien Höchstleistungen erbrachte, war alles andere als eine Motivation. Weder Hausputz noch Gartenarbeit waren eine Option für den Tag und zum Lesen oder Faulenzen war sie schlichtweg zu nervös. Mit einem Murren drehte sie sich auf den Rücken und zog sich das Kissen übers Gesicht, feuerte es aber gleich darauf weg und setzte sich auf. Sie würde nicht wieder einschlafen können, sondern sich lediglich munterer grübeln. Und ärgern.

Tara stand auf und gab Shadow frisches Wasser und Futter. Mit einem Kaffee aus dem Automaten und einem Muffin vom Vortag setzte sie sich danach vor den Fernseher. Wie erwartet berichteten viele Sender vom Prozess gegen Ben. Weil der nun einmal erst begonnen hatte, konnten die Moderatoren oder Reporter nur spekulieren oder Fakten wiederholen, wobei sie sich erfreulicherweise auf den Fall konzentrierten, nicht auf Juliens Privatleben. In letzter Minute hatte das Interview der Hendrics tatsächlich Gutes bewirkt.

Tara schaltete weiter und landete bei einer Klatschsendung, von der sie bisher nur gehört hatte. Gesprächspartner waren die Moderatorin und eine landesweit bekannte, selbsternannte Promiexpertin, die durch solche Sendungen tingelte, wie ein Wanderzirkus durch den Sommer.

»Ich glaub, ich spinne!«, murmelte Tara entrüstet, als sie ihren Namen hörte.

»Nun, versetzen wir uns doch einmal in Taras Haut«, flötete die Promiexpertin. »Immer behütet, immer an Daddys Hand, vielleicht sogar bevormundet, führte sie ein nahezu spießiges Leben. Und plötzlich kommt da dieser Mann, dieser sagenhafte Julien, und reißt sie raus. Tara erwacht aus ihrem Dornröschenschlaf. Sie lebt auf, rebelliert und landet sogar für eine Nacht in der Ausnüchterungszelle.«

Tara schoss aus dem Sessel und umfasste die Fernbedienung wie eine Keule, mit der sie der Promiexpertin gern einen Gong gegeben hätte. »Was erlaubt die sich …«, rief sie, unterbrach sich aber, um weiter zuzuhören.

»Welche Chance räumen Sie dem ungleichen Paar denn ein?«, fragte die Moderation.

Die Promiexpertin zauberte einen qualvollen Ausdruck auf ihre Miene. »Warten wir einmal diesen schrecklichen Prozess ab. Immerhin ist es Taras Bruder, der da auf der Anklagebank sitzt und sich gegen Julien verteidigen muss. Bruder gegen Lover. Schwierige Voraussetzungen für eine Partnerschaft.«

Die Moderatorin hatte ein Gegenargument: »Verschiedene Quellen berichten, dass Tara den Kontakt zu ihrer Familie abgebrochen hat, also nicht hinter ihrem Bruder steht.«

»Schon, aber wir haben hier das klassische Märchenpaar: Die Wunderschöne aus einflussreicher, wohlhabender Familie und den Ehrenmann mit Bad-Boy-Charme, der sich aus der Gosse zum Anwalt der Herzen hochgearbeitet hat.«

Tara lies einen Brüller los und stapfte vor Ärger mit dem Fuß auf. Passende Worte fehlten ihr gerade.

»Die anfängliche Verliebtheit könnte bald abebben«, plätscherte es weiter aus dem Mund der Promiexpertin, »und dann werden wir sehen, wie ernst es die beiden wirklich miteinander meinen.« Sie hob eine Hand an den Mund, als wollte sie ein Geheimnis nur mit der Moderatorin teilen. »Ein Vögelchen hat mir gezwitschert, dass eine Hochzeit in Las Vegas geplant ist.«

Tara schnaubte. »Ich zwitscher dir auch gleich was!«, knurrte sie und schaltete den Fernseher aus.

Einen Moment stand sie noch im Zimmer, bebend vor Ärger und versucht, zum Telefonhörer zu greifen und in dieser Sendung anzurufen. Weil sie den Damen damit einen riesigen Gefallen täte, ließ sie das. Außerdem wollte sie sich

nicht als Zuschauerin eines solchen Programm-
formats outen – das war sie ja eigentlich nicht.
Sondern Dozentin an der UNO! Was die Exper-
tin taktvoll verschwiegen hatte, denn es hätte das
Bild der verpeilten Prinzessin verzerrt.

Tara warf die Fernbedienung in einen Sessel
und stürmte ins Badezimmer, wobei sie über
Shadow stolperte. Unter der Dusche schimpfte
sie weiter. War es auch beruhigend, nicht länger
als hinterhältige Intrigantin betrachtet zu werden,
so war und blieb die neuerliche Darstellung ihrer
Person eine nicht geringere Frechheit. Tara
wünschte, sie hätte das alles nicht gehört. Sie
wünschte, sie wäre gar nicht hier gewesen, um es
hören zu können. Sie wünschte, sie wäre gewesen, wohin sie um diese Uhrzeit gehörte – und
genau dorthin wollte sie nun verschwinden.

***

Auf jedem Schritt über den Campus spürte Tara
ihre Zweifel schrumpfen, und beim Betreten der
Fakultät war sie absolut sicher, das Richtige zu
tun. Zuerst wollte sie ins Büro gehen und die Unterlagen für die gerade laufende Vorlesung vor
den Zweitsemestlern holen. Sie verzichtete, weil
ihr lediglich zwanzig Minuten blieben und sie diese Zeit auch völlig freisprechend zu füllen wusste
– dies allemal, wo Nathaniel Hawthorne auf dem
Plan stand.

Als sie die Tür zum Vorlesungssaal öffnete,
schlug ihr Herz vor Aufregung doch ein bisschen

schneller und ihr Atem stockte, als ihr ein paar Studenten die Köpfe zudrehten. Die kurz aufflackernde Verunsicherung ließ sie sich nicht anmerken und ging die Stufen hinunter zum Pult, hinter dem ein wissenschaftlicher Mitarbeiter als temporärer Ersatz einen Monolog über den zentralen Konflikt in Hawthornes Roman *Der Scharlachrote Buchstabe* führte. Als er Tara entdeckte, schwieg er abrupt. Sie trat an seine Seite.

»Sorry, Daniel, dass ich Sie unterbreche«, sagte sie, »und vielen Dank für die Vertretung. Mein Urlaub war lang genug, ich bin ausreichend erholt und würde meine Vorlesung nun gern fortführen.« Mit einem Zwinkern ließ sie den Kollegen wissen, dass sie ihre Worte nicht böse meinte.

Obwohl seine Verwunderung eher zu- als abnahm, gab er den Platz hinter dem Pult auf. Tara wollte ihn noch nicht. Sie wandte sich an die Studenten.

»Letzten Dienstag waren die Reihen, in denen Sie heute wieder wie gewohnt zahlreich sitzen, ein bisschen leer. Dies schien nicht am Inhalt der Vorlesung zu liegen, sondern an meiner Person oder am Lauf meines Lebens.« Sie verschränkte die Arme, lehnte sich gegen das Pult und ließ den Blick über die Gesichter der Studenten wandern. »Lassen Sie mich diesbezüglich Nathaniel Hawthorne zitieren: Die Öffentlichkeit ist ihrem Wesen nach despotisch. Sie ist imstande, selbst die billigste Gerechtigkeit zu verwehren, wird dieses allzu nachdrücklich als ein Recht verlangt.«

Viele Studenten senkten den Kopf. Taras Kollege schlich die Stufen hinauf, um aus dem Saal zu verschwinden. Tara fuhr fort:

»Keine Angst, ich werde Ihnen keinen Vortrag über Recht und Gerechtigkeit halten. Was diese beiden Dinge betrifft, habe ich ohnehin Zweifel. Ich bin hier, um mein Wissen mit Ihnen zu teilen, meine Liebe zur Literatur, die mich bewegt hat, diesen Beruf zu ergreifen.«

Nach und nach sahen die Studenten, die ihre Rede verunsichert hatte, wieder auf. Sie schienen zu verstehen, dass sie nicht zum Schimpfen hergekommen war.

»Zuhören müssen Sie mir natürlich nicht. Wer lieber verzichtet, kann ganz einfach gehen.« Diese Aufforderung kam allzu leicht und angestachelt von alter Enttäuschung über ihre Lippen, aber Tara war dennoch gespannt auf die Reaktion.

Viele Studenten schüttelten den Kopf. Ein paar meldeten sich auch zu Wort.

»Wir bleiben alle«, stellte einer fest, nachdem er sich umgeschaut hatte. »Wir mögen Sie doch.«

»Echt blöd von uns, das letzte Woche, Miss LaLaurie. Sorry!«, sagte eine andere.

Das zuletzt geäußerte Statement: »Ihre Vertretung ist eine echte Schnarchnase«, sorgte sogar für Gelächter.

Tara bedankte sich und erinnerte ihre Zuhörer, an welcher Stelle sie stehen geblieben waren, da wurde die Tür zum Saal abermals geöffnet. Tara konnte sich denken, dass ihr Kollege Professor Carter umgehend informiert hatte, bedauerte das aber nicht, denn nun wurde ihr ein Gang erspart.

Die Professorin nahm in der letzten Reihe Platz und hörte zu. Natürlich blieb sie, als Tara die Vorlesung beendete und sich verabschiedete. Tara wartete, bis die letzten Studenten den Hörsaal verlassen hatten und ging dann zu ihrer Chefin.

»Eigentlich wäre das ein Grund zur Kündigung«, sagte Professor Carter, wobei ihre Stimme nicht klang, als dächte sie ernsthaft darüber nach.

Tara setzte sich neben sie. »Drei Tage Zwangsurlaub sing genug. Einer mehr und ich kündige tatsächlich. Wenn Sie das wollen, dann schicken Sie mich wieder nach Hause.«

Professor Carter schüttelte den Kopf und seufzte. »Ich hätte Sie sowieso bald angerufen, diese Woche wahrscheinlich noch, um Sie zurück zu bitten. Mit dem Dekan habe ich gestern schon gesprochen. Er ist ein bisschen stur, aber ich denke, Ihre persönliche Lage und Einstellung kennt nun jeder.«

»Schlimm, dass beides erst öffentlich breit getreten werden muss.«

Die Professorin ließ das im Raum stehen. Sie wirkte nachdenklich, sandte den Blick über die leeren Reihen des Hörsaals und sah dann auf ihre Armbanduhr.

»Oh, Mittag! Beinahe hätte ich meine Verabredung vergessen.« Sie stand auf. »Bei irgendwelchen Problemen, zögern Sie nicht, rechtzeitig mit mir zu sprechen.«

Tara versprach, das zu tun und blieb noch eine Weile sitzen, um die vergangenen Minuten wirken zu lassen. Dann wollte sie Charlene einen Besuch abstatten. Am Abend blieb dafür keine Zeit, denn sie wollte alle Neuigkeiten von Julien hören.

Der Empfangsdesk der Bibliothek war nicht besetzt. Charlene war zwischen den Büchern unterwegs und hatte einen Zettel aufgestellt, der besagte, dass sie gleich zurück war und bei Bedarf angerufen werden wollte. Tara machte sich auf die Suche und fand die Bibliothekarin im ersten Stockwerk bei der französischen Literatur der Moderne, wo sie zurückgebrachte Bücher einsortierte.

»Lassen Sie dich wieder rein?«, rief Charlene Tara entgegen und lachte. »Weil irgendein Klatschblatt, das letzte Woche negativen Mist über dich und Mr. Handsome gekritzelt hat, diese Woche positiven Mist schreibt?«

»Schaut so aus.« Tara blieb bei Charlene stehen. Ihr wurde bewusst, dass sie einander nie mit einer Umarmung begrüßten, obwohl sie durchaus so etwas wie Freundinnen waren.

»Traurig, dass sogar eine Bildungseinrichtung von Medien beeinflusst werden kann.«

»Lohnt nicht, das zu kritisieren. Es ändert nichts.« Tara schloss eine Hand um ihr Amulett, weil sie sich an Charlenes Prophezeiung erinnerte. »Hauptsache, ich kann nun wieder Vorlesungen halten. Die dunkelgrauen Tage waren echt schrecklich, aber jetzt sind sie vorbei.«

Charlene schob das Buch, das sie gerade in der Hand hatte, ins Regal und hielt dann inne. Nur einen kurzen Blick warf sie Tara zu, doch der war leicht zu deuten. Ein Schauder floh über Taras Haut.

»Sie sind nicht vorbei?«

Wieder mit dem Einräumen beschäftigt, schüttelte Charlene den Kopf. Ihr Mund blieb stumm.

»Das kann ich mir nicht vorstellen.« Tara verschränkte die Arme vor der Brust und lehnte sich mit der Schulter gegen das Regal. Sie suchte den Blickkontakt, doch Charlene mied ihn.

»Julien und ich sind nicht mehr die Bösen«, sagte Tara. »Die Presse hat sich durch das Interview der Hendrics beruhigt. Er hat sein Mandat behalten und auch das Vertrauen der Staatsanwältin. Ich darf wieder dozieren, hab mich noch dazu von dieser grässlichen Familie losgesagt …«

»Es ist noch nicht vorbei«, fiel ihr Charlene ins Wort. »Sieht so aus, als ginge es gerade erst los.«

Tara wurde ungeduldig. »Was geht los? Vor wem oder was soll mich das Amulett eigentlich schützen? Vor Alexander? Vor der Öffentlichkeit? Vor Ben immer noch?«

Von Charlenes anhaltendem Schweigen frustriert fuhr sie fort: »Das ist Unsinn«, purer Unsinn! Gewiss bin ich nicht naiv, doch für mich sieht gerade alles nach einer Wendung zum Guten aus.« Sie erinnerte sich an etwas. »Du hast ge-

sagt, es gibt neben dem Amulett noch einen zweiten Schutz. Welcher ist das?«

»Kann ich dir nicht sagen«, murmelte die Bibliothekarin, während sie sich weiter um die Bücher kümmerte.

»Kannst du nicht oder willst du nicht?«

Charlene wirkte plötzlich verärgert. »Ich kann
nicht, und eigentlich weißt du längst, was oder
besser wer es ist.«

Tara hatte genug vom Rätseln und von aber-
gläubischem Geschwafel auch. Sie verabschiedete
sich und eilte zurück in die Fakultät, um sich
noch ein paar Minuten auf die nächste Vorlesung
vorzubereiten. Sie ging davon aus, dass sich die
Neuigkeit von ihrer Rückkehr inzwischen ver-
breitet hatte. Auf eine weitere Rede wollte sie
nämlich gern verzichten.

***

Am späten Nachmittag verließ Tara die Uni prinzipiell zufrieden mich sich und dem Tag. Sie wollte noch nicht nach Hause, denn sie genoss die
Wärme der Abendsonne und sehnte sich nach
dem Rauschen des Mississippi. Auf dem Weg
zum Auto schrieb sie Julien eine Nachricht und
sagte ihm, dass sie zum Woldenberg Park fuhr.
Vielleicht brauchte er einen freien Kopf und einen schönen Ort und hatte Lust, ihr dort Gesellschaft zu leisten. Wo genau sie auf ihn warten
würde, teilte sie ihm nicht mit. Sie beide waren
nur einmal gemeinsam in diesem Park gewesen.

Sie würde an die alte Stelle gehen, und er würde dorthin kommen – dessen war sich Tara ziemlich sicher.

Spaziergänger und Jogger, Hobbyfotografen und Raddampfer-Touristen – all die wollten um diese frühe Abendstunde noch aus dem Park ausgeblendet werden. Tara tat das, indem sie sich auf ihre Jacke ins Gras legte, die Arme hinter dem Kopf verschränkte und die Augen schloss. Nach einer Weile wurde es stiller und sie hörte nur das Saxofon, das irgendwo gespielt wurde. Die melancholische Melodie von Marvin Gayes *Mercy, mercy me* trug sie ins Traumland. Juliens Kuss holte sie zurück. Über sie gestützt, grinste er sie an. Tara schnappte sich seine Krawatte, die von seinem Hals baumelte und zog ihn daran zu einem zweiten, längeren Kuss herab.

»Hey«, sagte er, als sie ihn freigab. »Wie war dein Tag?«

»Nicht schlecht«, antwortete Tara, »aber erst einmal bist du dran.«

Er setzte sich, stellte die Beine auf, legte die Arme auf die Knie und blinzelte gegen die Sonne. »Mein Tag war ziemlich gut. Bens Anwalt ist so verzweifelt, dass er knurrt wie ein in die Enge getriebener Hund. Vermutlich lastet ein enormer Druck auf ihm.«

»Das glaube ich auch. Wenn er Ben freibekommt, wird Alexander ihn geradezu fürstlich entlohnen. Ich will mir nicht vorstellen, was er ihm für den anderen Fall angekündigt hat.« Sie setzte sich ebenfalls auf. »Also wird der Prozess nicht lange dauern?«

Julien wiegte den Kopf hin und her. »Danach sieht es gerade aus. Weder Ben selbst noch sein Anwalt haben der Staatsanwältin und mir etwas entgegenzubringen. Möglich, dass sie bluffen und schon morgen einen Zeugen von irgendwoher zaubern, aber falls nicht, könnte das Urteil schon Ende der Woche gefällt werden.«

Tara stellte sich vor, welche Hölle im Hause LaLaurie losbrechen würde. Savannah würde kollabieren, vielleicht sogar unter ärztliche Aufsicht gestellt werden, während Alexander einigen Leuten die Freundschaft kündigen und das Urteil anfechten würde. Einen Schuldspruch für seinen Goldsohn würde er niemals akzeptieren.

Juliens Stimme tönte in ihre Gedanken: »Du hast deine Kette gar nicht um.«

Bei seinen Worten wurde Tara klar, dass sie das Amulett wie ein täglich benötigtes Utensil, wie eine Brille oder ein Hörgerät, getragen hatte. Ihr leeres Dekolleté sah ohne das Schmuckstück offenbar merkwürdig aus, obwohl es völlig normal war, einen Schmuck nach Belieben an- und abzulegen.

»Ich hab sie vorhin abgenommen«, entgegnete sie. »Liegt im Auto.« Im Handschuhfach genau genommen.

»Von wem hast du sie eigentlich?«

Aus irgendeinem Grund hatte Tara geglaubt, dass Julien das wusste. Tatsächlich hatten sie nie

212

darüber gesprochen und er war kein Mann, der sich für Dinge wie Voodoo interessierte und ein Veve erkannte. Also erzählte sie, wie Kat ihr die Kette zum Geburtstag gegeben hatte. Während sie die Bedeutung des Veve erklärte, rechnete sie mit ein wenig Spott oder Argwohn, doch Julien blieb still bis sie fertig war.

»Also ist es eine Art Glücksbringer«, schlussfolgerte er, »wie andere ihn am Autoschlüssel haben. Du hast die Kette zum Schutz getragen?«

»Ja und nein. Das Veve soll Schutz leisten, aber ich hab es einfach so getragen, ohne Schutz zu erwarten. Ich hab es halt Morgen für Morgen angelegt. Das möchte ich nicht mehr.«

»Weil du nicht an seine Wirkung glaubst?«

»Nein. Weil ich mich nicht von einem Ding abhängig fühlen möchte. Ich bin überzeugt, dass wir Menschen den Lauf unseres Lebens zum Teil mit unseren Gedanken bestimmen. Wenn ich also glaube, dass ich Schutz brauche, dann brauche ich ihn wohl.« Charlenes Aussage kam ihr wieder in den Sinn. »Wenn ich Hürden erwarte, werden sich Hürden in den Weg stellen.«

Julien schien mit so spezieller Philosophie überfordert, was Tara ihm nach dem Tag nicht verdenken wollte. Sie wechselte das Thema und erzählte von der schrecklichen Sendung im TV, wobei sie sich ein bisschen in Rage redete.

»Diese beiden Puten haben mich als behütetes Dornröschen bezeichnet, das von dir wachgeküsst und zum Rebell gemacht wurde.«

Julien lachte. »Das ist absurd.« Er lehnte sich zu Tara hin und gab ihr einen Kuss. »Eine kleine Rebellin, die warst du sicher schon immer. Aus gutem Grund noch dazu, aber den müssen diese Expertinnen ja nicht erfahren.«

»Es geht sie einen Dreck an«, schimpfte Tara weiter. »Und stell dir vor, sie haben uns als ungleiches Paar bezeichnet.«

»Frechheit!« In gespielter Empörung straffte Julien die Schultern, hob das Kinn und reckte die Faust. »Wir sind wie Bonny und Clyde, wie Tarzan und Jane …«

Tara boxte ihn in die Seite, fand seine Vergleiche aber lustig. »Ich mein das ernst«, prustete sie.

Julien hielt inne und betrachtete sie. Mit gleichbleibender, vermeintlich entrüsteter Miene fuhr er fort: »Okay, dann eben wie Beaves und Butthead, wie Asterix und Obelix …«

Lachend warf Tara ihn um, setzte sich auf ihn und legte ihm eine Hand über den Mund.

»Wie Pinky und Brain, Alpha und Omega, Martini und Olive«, murmelte er durch ihre Finger hindurch.

»Wie Romeo und Julia höchstens«, fiel Tara ihm ins Wort, gab seinen Mund aber frei. »Oder wie Tristan und Isolde.«

»Ach, sei doch nicht so pessimistisch!«

»Bin ich gar nicht! Aber du hast die Sendung ja nicht angeschaut und dich live geärgert!«

»Zum Glück!« Julien nahm Taras Hände. »Außerdem habe ich dir gerade lauter Paare genannt, die unweigerlich oder irgendwie zusammengehören.«

Sie verschränkte ihre Finger mit seinen und tauchte in den Blick seiner hellen, aber gerade doch warmen Augen. »Denkst du, das habe ich nicht verstanden?«

»Wäre schlimm, hättest du es nicht.«

Tara kletterte von Julien und legte sich neben ihn. Die Hand, die sie noch hielt, hob sie zusammen mit ihrer zum Himmel, auf dem sich erste, von der sinkenden Sonne orange gefärbte Wolken zeigten.

»Wie im September«, sagte Julien, der sich wie Tara erinnerte. »Bloß haben wir da auf die Sterne geschaut und die ISS kam vorbei.«

Eine unangenehme Idee schlich sich in Taras Kopf. »Stell dir vor, du hättest mich nicht gebeten, mit dir spazieren zu gehen, sondern mir lediglich die Kette zurückgegeben.«

Julien ging darauf ein: »Stell dir vor, du hättest meine Einladung zum zweiten Bayou-Spiel ausgeschlagen, dann würdest du mich jetzt vielleicht aus einer ganz anderen Perspektive sehen.«

Tara ließ die Gedanken zu und spürte Kälte in sich. »Deine Geschichte hätte ich dann nie aus deinem Mund gehört und würde vielleicht glauben, dass du auf Vergeltung aus bist.«

Einerseits war es unvorstellbar, ein Leben ohne Julien zu führen, denn er war ein Teil davon geworden. Andererseits waren die in ihrem Kopf entstehenden Bilder so klar, dass ihr davor gruselte. Sie war unendlich froh, dass er sie zum Spaziergang eingeladen und sie ihn später noch einmal im Bayou getroffen hatte. Zwei Entscheidungen, die alles verändert hatten.

»Vielleicht hättest du Ethan verziehen, dich mit ihm versöhnt und seinen Antrag angenommen«, hörte sie von Julien.

All die wärmenden Gefühle, die sie gerade empfunden hatte, wurden von diesem einen Satz abgekühlt.

»Wenn du das für möglich hältst, kennst du mich schlecht.« Sie ließ seine Hand gehen und verschränkte ihre Arme vor der Brust

»Quatsch! Ich kenne dich verdammt gut, und das war nur so ein Gedanke …«

»Ein blöder Gedanke! Ich hatte mich längst von Ethan distanziert.«

Julien setzte sich auf. »Hey, jetzt reagiere nicht so sauer! Du hast mit dem Was-wäre-wenn-Mist angefangen …«

»Ich habe von mir und dir gesprochen, nicht von einer anderen Frau, mit der du jetzt zusammen wärst.«

Julien schwieg einen Moment, dann stand er auf. »Sorry, aber das ist mir gerade zu anstrengend und ich bin müde«, sagte er. »Ich melde mich morgen bei dir.«

Tara übersetzte das still für sich: Er fuhr in sein Appartement und würde die Nacht nicht bei ihr verbringen. Mit einem tiefen Atemzug drängte sie das Aufbrausende in sich zurück und beließ es bei einem ruhigen, aber knurrigen: »Na klasse. Dann schlaf mal gut!«

Sie setzte sich auf, sah ihm jedoch nicht nach, sondern lauschte seinen Schritten im Gras. Sie war traurig, weil er wirklich ging und es sich nicht anders überlegte, doch die Ruhe, die er nach dem ersten Prozesstag brauchte, wollte sie ihm lassen.

Konsequent war er immer gewesen, rief sie sich ins Bewusstsein. Daran musste sie sich noch gewöhnen.

KAPITEL 15

Die sanft dahin plätschernde Weckmelodie holte Julien aus seinem Traum. Grauenvoll war der gewesen: Die ganze Zeit war er gelaufen, um Tara vor einem Unglück zu bewahren, aber nicht von der Stelle gekommen, und er hatte keine Stimme gehabt, um sie zu sich zu rufen. In dem Moment als Tara gefallen war, hatte er Musik gehört, die Weckmelodie, wie er nun wusste. Sie dudelte noch, wie ein Trost, dass der Traum nur Traum und die Realität sicher und sorglos war.

Julien drehte sich auf die Seite, um den Wecker auszustellen und blieb ein paar Minuten liegen, um richtig wach zu werden. Der Streit, den Tara und er gehabt hatten, fiel ihm ein. Dämlich und unsinnig war der gewesen, und an normalen Tagen hätte er darüber gelacht. Er wäre geblieben, hätte sie in den Arm genommen und ihr gesagt, dass er nicht von Ethan hätte anfangen sollen – ungeachtet seiner Überzeugung, dass ihre

Reaktion übertrieben war. Er hatte die Erfahrung gemacht, dass Frauen an manchen Tagen einfach merkwürdig reagierten, von Hormonen beeinflusst. Diese Meinung behielt man allerdings besser für sich.

Leider war es kein normaler Tag gewesen. Und auch heute würde keiner werden. Der Prozess strapazierte Juliens eigentlich starkes Nervensystem mehr als es ein anderer Prozess je getan hatte. Dies vielleicht auch, weil er mehr denn je im Zentrum der Aufmerksamkeit stand – und dies nur als Nebenkläger.

Er streckte sich, rieb sich das Gesicht, kratzte sich den Kopf mit einem Murren und stand auf. Weil es im Appartement so still war, machten seine Füße patschende Geräusche auf dem Boden. Auf dem Weg zur Dusche zog er sich das T-Shirt aus, da klingelte es. Verwundert tappte er zur Tür und aktivierte die Freisprechanlage, um sich nach dem frühen Besucher zu erkundigen.

»Hallo Mr. Cavanaugh«, sagte jemand, »ich komme mit einer Information von Susan Birdman.«

»Ähm, okay …« Julien wunderte sich, warum die Staatsanwältin eine Info zu ihm nach Hause bringen ließ und wollte den Mann in sein Büro bestellen: »Kommen Sie bitte in …«

Er unterbrach sich, weil er dorthin heute gar nicht fahren würde, sondern direkt zum Gericht.

»Entschuldigen Sie die frühe Störung«, sagte der Mann auch gleich. »Mrs. Birdman gab mir den Umschlag mit dem Hinweis der Dringlichkeit und strengen Vertraulichkeit. Sie erwartet sie …«

»Ja, schon okay. Kommen Sie hoch. Fünfter Stock. Aus dem Fahrstuhl raus rechts und dem Gang folgen.«

Julien drückte auf den Türöffner und zog sich das T-Shirt wieder über. Dann eilte er zum Kleiderschrank, kramte eine Sweathose heraus, schlüpfte hinein und lief zurück zur Tür. Der Bote klopfte bereits an.

Julien öffnete und stutzte, denn der Mann sah ziemlich seltsam aus. Er hatte schulterlange, dunkle Haare, trug ein Basecap und eine Sonnenbrille mit verspiegelten Gläsern. Julien blickte an dem Mann hinab, auf seine Hände, in der Erwartung, dass er einen Umschlag hielt – mit mündlichen Informationen hätte die Staatsanwältin ohne Zweifel angerufen – doch die Hände waren leer. Das miese Gefühl, das sich in Julien ausbreiten wollte, wurde gestoppt, als der Typ ihn zurückstieß. Julien blinzelte kaum einmal, da krachte die Tür zu und er wurde gegen die Wand gedrückt. Der Typ schloss eine Hand um seinen Hals, schob die andere in seine Jackentasche und zog eine Waffe hervor. Deren Lauf hielt er unter Juliens Kinn.

»Na, Arschloch, erkennst du mich?«

Julien musste nicht genauer hinsehen, nicht versuchen, hinter die Gläser der Brille zu schauen. Er wusste, mit wem er es zu tun hatte. Er konnte sich nicht erklären, wie das möglich war, hatte im Moment aber anderes zu tun, als darüber zu grübeln. Zum Beispiel musste er atmen und zwang sich dazu, obwohl Schock und Panik ihn hindern wollten.

Der Typ lachte kratzig. »Na? Jetzt hast du keine große Fresse mehr, was? Spuckst keine großen Töne, wie gestern noch.«

»Was soll das bringen, Ben?«, murmelte Julien und heftete den Blick auf die dunklen Gläser, in der Hoffnung, dass Ben sich angeschaut fühlte. »Indem du mich umbringst, wirst du nicht freigesprochen. Du machst alles nur schlimmer, aber das solltest du eigentlich wissen.«

»Wer sagt, dass ich dich umbringe? Jetzt.« Ben drückte die Waffe fester gegen Juliens Kinn. »Ich würde zwar abdrücken ...«

Das Telefon klingelte. Zweimal, dreimal schrillte der Ton durch die Stille.

»Geh ran!«, sagte Ben und nahm die Hand von Juliens Hals, die Waffe vom Kinn. Er gab ihm einen Stoß, trieb ihn vor sich her durch das Loft zum Telefon.

»Ein falsches Wort und ich überleg es mir anders«, grollte er und schaltete den Lautsprecher ein, sobald Julien abgenommen hatte.

Julien spürte das Adrenalin durch sein Blut rauschen, als sich die Staatsanwältin meldete.

»Schlechte Nachrichten«, sagte sie. »Ben LaLaurie ist nicht mehr im Gefängnis. Die Polizei geht davon aus, dass er gestern Abend verschwunden ist – rausspaziert sozusagen.«

Julien warf Ben einen Blick zu. Der grinste und presse ihm die Waffe nun an die Schläfe.

»Wie ist das möglich?«, fragte Julien die Staatsanwältin mit versucht fester Stimme. »Wie kann er einfach so rausspazieren?«

»Er muss Hilfe gehabt haben. Möglich, dass er im Gericht etwas zugesteckt bekommen hat. Vielleicht wurde auch der Wärter bestochen.« Sie seufzte. »Mit einem Vater wie Alexander LaLaurie ist doch alles möglich.«

Bei jedem Wort der Staatsanwältin wurde Bens Grinsen breiter. Susan Birdman erzählte Julien, dass der Wärter, der Ben das Abendessen in die Zelle gebracht hatte, am Morgen schlafend in dessen Bett gefunden worden war. Er trug Bens Gefängniskleidung und war mit Betäubungsmitteln außer Gefecht gesetzt worden. Man ging davon aus, das Ben in der Kleidung des Wärters und mithilfe von dessen Schlüsseln am Abend aus dem Gefängnis geschlendert war – buchstäblich.

»Kommen Sie heute um zehn zu einem Gespräch in mein Büro«, bat sie Julien am Schluss.

Der würgte den Kloß im Hals hinunter und presste ein »Okay« zwischen den Zähnen durch. Dabei umklammerte er das Telefon wie einen Anker, unwillig seine einzige Chance gehen zu lassen. Hilflosigkeit rumorte in seiner Brust als die Staatsanwältin auflegte. Er nahm das Telefon vom Ohr, behielt es aber in der Hand.

»Gut gemacht«, spottete Ben.

»Was soll das eigentlich?«, fragte Julien. »Dir gelingt die Flucht aus dem Knast, aber statt das Weite zu suchen, kommst du her und bedrohst mich, ohne mich umbringen zu wollen.«

»Oh, ich will schon …«

»Aber du tust es nicht. Warum also die Mühe?«

»Meinst du, ich verschwinde, ohne es dir und vor allem meiner Schlampe von Schwester heimzuzahlen? Glaubst du, ich schenke euch das Happily-ever-after?« Abermals lachte Ben und klang diesmal noch gemeiner. »Absolut nicht.«

Grässliche Bilder entstanden in Juliens Kopf, und seine Angst bekam eine Schub »Lass Tara in Ruhe!«, ächzte er. »Verschwinde meinetwegen, aber lass sie in Ruhe.«

Ben schüttelte den Kopf. »Nein. Ich will, dass sie leidet. Eigentlich sollte ihr klar sein, dass sie den Kürzeren zieht, wenn sie sich mit mir anlegt. Das war schließlich immer so.«

»Sie hat sich nie mit dir angelegt. Sie hat es dir nicht Recht gemacht, wie jeder andere, sondern einfach ihr Leben gelebt, aber …«

»Sie hat mich ausgelacht«, fiel ihm Ben ins Wort. »Aber wer zuletzt lacht, lacht bekanntlich am besten. Jetzt will ich mit dem Lachen anfangen, also ruf sie an und beende eure Beziehung.«

»Den Teufel werde ich tun«, murmelte Julien und ließ das Telefon über den Tisch schlittern.

Ben entsicherte die Waffe. »Dann stirbst du jetzt. Wenn du tot bist, fahre ich zu ihr, um ihr

223

die traurige Nachricht zu überbringen und sie dir nachzuschicken.«

»Damit schreibst du dein Todesurteil.«

Ben rückte so nahe, dass Julien sein Gesicht und auch die Waffe an seiner Schläfe in den Gläsern der Sonnenbrille sah. Ein grausiges Spiegelbild war das.

»Ich werde nicht zurück in den Knast gehen, also auch nicht vor einem Gericht landen, das über mich urteilen könnte. Beende die Beziehung und ihr beide lebt. Anderenfalls sterbt ihr, bevor ich ...«

Das Telefon klingelte abermals. Das Display zeigte Taras Namen an. Ben sah das so gut wie Julien.

»Na bitte«, höhnte Ben, »nun wird dir sogar das Wählen erspart. Du musst nur rangehen.«

Schweißperlen traten auf Juliens Stirn. Er beugte sich vor und nahm den Hörer. Einen Moment lang zitterte sein Daumen über der Taste, mit der er das Gespräch annahm, doch dann drückte er drauf, hob das Telefon ans Ohr und meldete sich.

»Tut mir leid wegen gestern!« Tara klang, als würde sie weinen. »Es ist so eine dämliche Zeit. Ich wünschte sie wäre vorbei, dann wäre ich wieder ruhiger, gelassener und du auch, und wir könnten ...«

»Schon gut.« Julien schloss die Augen, weil Ben die Waffe an seiner Schläfe drehte – wohl um ihn daran zu erinnern.

»Julien, gerade ist etwas total Merkwürdiges passiert. Ich müsste zur Uni, aber ich kann hier nicht weg, und ich bin traurig wegen gestern, hab kaum geschlafen.«

Jetzt war er sicher, dass sie weinte, und ein Schauder kroch von seinem Nacken hinab zu den Fußsohlen.

»Was ist passiert?«

»Shadow wollte raus. Er ist vor dem Terrassenfenster auf und ab gegangen und hat miaut, lauter als sonst. Er wirkte nervös, aggressiv beinahe, und als ich ihm aufgemacht habe, ist er losgewetzt, als ginge es um sein Leben.« Sie schniefte. »Ich hab ihn bis eben gerufen, bin die Straße abgelaufen, aber er kommt nicht.«

Ben stieß die Waffe gegen Juliens Stirn. Julien stöhnte leise, öffnete die Augen und zwang sich zu einem: »Und deshalb rufst du an?«

Er würde das hinter sich bringen, beschloss er. Er musste lebend aus dieser Situation kommen, und sobald er Ben los war, würde er alles richten.

Tara war verunsichert. »Oh, störe ich etwa?« Jetzt nahm ihre Stimme einen verletzten Klang an. »Tut mir leid.«

»Ich habe nachgedacht«, sagte Julien. »Wir sollten eine Pause einlegen, solange der Prozess andauert.« Er zuckte zusammen, weil Ben der Waffe einen zweiten Stoß gab. Sein Mund formte ein stummes *Keine Pause*, während Tara verächtlich schnaubte.

»Das muss ein Scherz sein!«

»Ist mein Ernst.«

Seine eigenen Worte taten ihm weh. Nur zu gut konnte er sich vorstellen, was sie mit Tara anstellten. Sie weinte jetzt mehr, und versuchte das hinter Zorn zu verbergen.

»Wegen gestern? So ein Schwachsinn!«

»Nicht nur wegen gestern.«

»Ich mache keine Pausen. Ich tue etwas aus ganzen Herzen, aus voller Überzeugung oder lasse es.«

Julien holte tief Luft und ließ sie mit dem nächsten Satz aus dem Mund: »Dann müssen wir unsere Beziehung ganz beenden.«

Eine Sekunden lang war es still. »Das glaube ich nicht. Du redest, als hätte ich dir nie etwas bedeutet.«

»Tara, so ist es nicht, aber ich habe derzeit einfach keine Kraft dafür.«

»Ich glaube dir nicht!«

»Solltest du besser.«

»Feigling«, schimpfte sie. »Es ist feige, am Telefon Schluss zu machen, statt es mir ins Gesicht zu sagen. Hätte ich nicht angerufen, hättest du mir nachher vielleicht eine SMS geschrieben?«

»Tara, lass uns nicht schon wieder streiten. Ich brauche Ruhe. Es ist besser, wenn wir auflegen.«

»Ist das dein letztes Wort?«

»Ja.«

»Komm mir nie wieder vor die Augen«, fauchte sie. »Hörst du? Nie wieder! Und ruf mich auch nicht an, falls du es dir anders überlegst. Ich war

so dämlich, mich auf all das einzulassen, so dämlich ...«

Der Rest der Worte wurde von ihrem Weinen
verzerrt. Dann tutete das Freizeichen. Sie hatte
aufgelegt.

Bens Stimme tönte in die Leere, die sich wie
eine Lawine in Julien ausgerollt hatte: »Gratulati-
on. Du hast überlebt.« Er sicherte die Waffe und
nahm sie herunter. »Solltest du ihr je wieder nahe
kommen, wird es andersherum sein: Dann siehst
du sie sterben.«

Julien wollte ausholen und Ben einen Schlag
geben. Er ballte eine Hand ums Telefon, die andere zur Faust.

»Genauso gut kannst du mich gleich umbringen.«

Ben schüttelte den Kopf. »Dann leidet sie
nicht, wie sie leiden sollte. Sie soll dich nicht für
ein Opfer halten, sondern für einen Verräter.« Er
wies auf das Telefon. »Mach die Batterien raus!«

Julien tat, was von ihm verlangt wurde. Er
konnte sich denken, dass sich Ben Zeit zur Flucht
verschaffen wollte. Nachdem er auch seinem
Smartphone den Akku entnommen hatte, stellte
er sich auf den Schlag ein und wehrte ihn nicht
ab. Ben hieb ihm den Griff der Waffe gegen die
Stirn.

Julien taumelte zurück und klappte zusammen.
Er verlor nicht das Bewusstsein, doch ihm war so
schwindelig, dass er sich nicht bewegen konnte
und nichts sah. Er hörte, wie Ben das Apparte-

ment verließ, rechnete aber doch damit, dass er zurückkam und schoss. Sobald er seine Sinne beieinander hatte, stellte er sich auf die Füße und hastete zu den Telefonen. Mit zitternden Händen steckte er die Batterien in das Festnetzgerät. Während es alle Dienste lud, setzte er den Akku ins Smartphone und startete es. Beide Dinger schienen ewig zu brauchen. Ungeduldig ging Julien zu einem der Fenster und suchte die Straße ab. Er entdeckte Ben nirgends, konnte allerdings nicht sicher sagen, wie lange er gerade um sein Bewusstsein gekämpft hatte.

Ein Piepton verriet, dass das Festnetz zuerst verbunden war, also nahm Julien den Hörer und wählte Taras Nummer. Sie ging nicht ran. Nicht beim zweiten und dritten Versuch, und auch nicht, als er sie auf dem Handy anrief. Zur gleichen Zeit, nämlich indem er sein Smartphone benutzte, informierte er die Polizei. Der Cop am anderen Ende der Leitung versprach, Officers zur Befragung zu senden und kündigte an, alle verfügbaren Streifen die Gegend absuchen zu lassen.

»Ich habe keine Zeit, auf Ihre Officers zu warten«, entgegnete Julien. »Schauen Sie, dass Sie diesen Kerl einfangen und schicken Sie jemanden zu Tara LaLaurie. Reden können wir später.«

Er legte auf und rief die Staatsanwältin an. Zuerst war sie sauer, weil er sich beim ersten Telefonat nichts hatte anmerken lassen, verstand dann aber, dass ihm aufgrund von Bens Drohung nichts anderes übrig geblieben war. Sobald das

Gespräch erledigt war, schnappte sich Julien den Autoschlüssel und stürmte aus dem Appartement. Unterwegs wählte er Tara von seinem Smartphone aus an. Wiederum klingelte es ewig, bis sich die Mailbox meldete. Julien fluchte und trieb den Fahlstuhl mit weiteren Flüchen an, weil der im nervenaufreibenden Schneckentempo von der fünften Etage bis zur Tiefgarage tuckerte. Sobald das alte Monstrum am Boden aufsetzte, zerrte er das Gitter auf und spurtete zu seinem Wagen.

Er setzte sich hinter das Lenkrad, startete den Motor, legte den Gang ein und gab Gas, preschte durch die Parkreihen zur Ausfahrt. Das Rolltor hielt ihn auf. Ungeduldig ließ er das Fenster herunter und drückte auf den Knopf, mit der es zu öffnen war. Das Ding war noch nicht ganz nach oben gerattert, da düste er schon darunter weg und die dahinterliegende Steigung hinauf, aus dem Dunkel ins Tageslicht. Oben angekommen wollte er auf die Straße biegen, da rannte etwas Schwarzes vor sein Auto. Eine Katze.

Julien trat die Bremse durch und brachte den Wagen zum Stehen. Durch die Windschutzscheibe starrte er auf das Tier, das innehielt und ihn ebenfalls im Fokus hatte. Voller Argwohn beugte er sich zum noch offenen Fenster und rief: »Shadow?«

Das Tier maunzte.

Julien brachte den Wagen in Parkposition, ließ den Motor aber laufen und stieg aus. In ganz

New Orleans gab es hunderte schwarze Katzen, und doch war er sicher, Shadow gefunden zu haben. Nicht nur, weil Tara gerade gesagt hatte, dass er abgehauen war, nicht wegen des Miaus oder der intensiv gelben Augen. Er wusste es einfach.

»Komm her, Kumpel«, sagte er, »fahren wir zu Tara!«

Der Kater verdrehte die Ohren. Als Julien einen Schritt auf ihn zutrat, lief er zum Rand der Ausfahrt. In großen Sätzen sprang er den Gehweg entlang, ohne sich einmal umzuwenden und verschwand um die nächste Ecke.

Zum zweiten Mal an diesem Morgen schauderte Julien. Er setzte sich ins Auto, nahm das Handy und rief Tara erneut an. Diesmal konnte keine Verbindung hergestellt werden.

Juliens Herzschlag dröhnte in seinen Ohren, als er sich auf den Weg machte.

TO BE CONTINUED

ÜBER DIE AUTORIN

Jules Saint-Cruz ist das Pseudonym einer deutschen Autorin, die in unterschiedlichen Genres schreibt. Andere erotische Romane wurden unter ihrem Pseudonym Alexa McNight veröffentlicht.

Jules Saint-Cruz wird inspiriert vom Leben, das gelebt und geliebt werden will. Süß ist es, bittersüß manchmal. Sonnig ist es, doch wo Sonne ist, gibt es auch Schatten. In ebendiese Schatten taucht die Autorin ein und sucht die Storys, die wirklich erzählt werden wollen. Die Charaktere, die sie auf dieser Suche findet, haben Ecken und Kanten; eigenwillig sind sie und in ihren Handlungen nicht immer zu verstehen. Gefunden werden sie in dem einen Moment, der Zweifel aufwirft und das Potenzial besitzt, alles zu ändern - ohne jedoch ein Happy-End-Versprechen zu geben.

Mit ihren erotischen Romanen stellt sich Jules Saint-Cruz der Herausforderung, mehr zu Papier zu bringen als Worte, die eine körperliche Reaktion auslösen. Sie glaubt, dass Sex erst dann wirklich gut ist, wenn er eine Basis hat. Auf dieser Basis will sie ein Kopfkino erzeugen, das die Fantasie des Lesers aufblühen lässt - all dies begleitet von der leisen Botschaft, dass so etwas wie Euphorie und Erfüllung in den seltensten Fällen zu finden sind, wo man sie sucht.

MEHR LESEN

LaLaurie – Stumme Herzen ist Teil 2 der Trilogie

Weitere Teile sind:

LaLaurie – Dunkle Spiele (Mai 2015)
LaLaurie – Purpurne Träume (ET Juli 2015)

Für mehr Informationen besuchen Sie mich auf

Facebook: www.facebook.com/julessaintcruz
Web: www.lustzeilen.de

Unter dem Pseudonym Alexa McNight im blue panther books Verlag erschienen sind:

SehnSucht (2011)
NeuGier (2012)
LebensLust (2013)